LA CLIQUE

COLLECTION ESTIVALE

CLAIRE

LA CLIQUE

COLLECTION ESTIVALE

CLAIRE

PAR LISI HARRISON

Traduit de l'anglais par
Roxanne Berthold

jeunesse

Copyright © 2008 Alloy Entertainment
Titre original anglais : The Clique, summer collection : Claire
Copyright © 2010 Éditions AdA Inc. pour la traduction française
Cette publication est publiée en accord avec Hachette Book Group USA.
Tous droits réservés. Aucune partie de ce livre ne peut être reproduite sous quelque forme
que ce soit sans la permission écrite de l'éditeur, sauf dans le cas d'une critique littéraire.

Éditeur : François Doucet
Traduction : Roxanne Berthold
Révision linguistique : Isabelle Veillette
Correction d'épreuves : Nancy Coulombe, Carine Paradis
Design de la couverture : Andrea C. Uva
Montage de la couverture : Tho Quan
Photo de la couverture : Roger Moenks
Photo de l'auteure : Gillian Crane
Mise en pages : Sylvie Valois
ISBN : 978-2-89667-113-7
Première impression : 2010
Dépôt légal : 2010
Bibliothèque et Archives nationales du Québec
Bibliothèque Nationale du Canada

Éditions AdA Inc.
1385, boul. Lionel-Boulet
Varennes, Québec, Canada, J3X 1P7
Téléphone : 450-929-0296
Télécopieur : 450-929-0220
www.ada-inc.com
info@ada-inc.com

Diffusion
Canada :   Éditions AdA Inc.
France :   D.G. Diffusion
                   Z.I. des Bogues
                   31750 Escalquens — France
                   Téléphone : 05.61.00.09.99
Suisse :   Transat — 23.42.77.40
Belgique :   D.G. Diffusion — 05.61.00.09.99

Imprimé au Canada

Participation de la SODEC.
Nous reconnaissons l'aide financière du gouvernement du Canada par l'entremise du
Programme d'aide au développement
de l'industrie de l'édition (PADIÉ) pour nos activités d'édition.
Gouvernement du Québec — Programme de crédit d'impôt pour l'édition de livres —
Gestion SODEC.

Au Comité beauté.
Merci pour cet été fantastique ! ☺

— Hé, ma beeeelle, peux-tu te dépêcher? Madame Wilkes m'a demandé d'arroser ses plantes à 15 h et elle habite à sept pâtés.

Todd Lyons s'étira sur la chaise longue couverte d'un tissu éponge jaune et croisa les mains derrière sa tête. Son t-shirt, sur lequel les mots NE VOUDRAIS-TU PAS QUE TON COPAIN SOIT *HOT* COMME MOI?, était jeté en tas sur la terrasse, et un collier muni d'un sifflet d'entraîneur de natation se balançait au-dessus de son short de bain gris au motif de requins.

— Je ne peux pas aller chez madame Wilkes.

Avec un filet, Claire effleura la surface de la piscine infestée d'insectes noyés.

— Je te l'ai dit la semaine dernière.

Elle essuya son front perlé de sueur du dos de la main avant d'essuyer celle-ci sur son short turquoise Gap muni d'un cordon à la taille. Son débardeur gris était déjà trop imbibé de sueur pour être une option.

— Je vais le déduire de ta paie.

Todd dévissa le capuchon d'un tube d'oxyde de zinc et barbouilla ses joues tavelées de crème blanche épaisse. En la combinant à sa tignasse de cheveux roux trop longs et à la chaise longue jaune, il ressemblait à un Ronald McDonald de 10 ans. Mais en tant que patron, il s'apparentait davantage à un diable à ressort.

— Peu importe.

Claire glissa le filet sur l'eau une dernière fois avant de laisser tomber la longue perche, qui se cogna contre la terrasse en béton dans un fracas retentissant. S'il allait faire une retenue sur sa paie, pourquoi ne pas partir maintenant? De cette façon, elle pourrait prendre une douche avant sa réunion fortement attendue avec ses meilleures amies floridiennes et coiffer ses cheveux avec une petite boucle au bas, comme Massie le lui avait montré.

Truuuuuuut!

Todd souffla dans son sifflet.

— Surveille ton attitude, l'avertit-il, les yeux fermés et tournés vers le soleil. Et n'oublie pas que tu dois donner un shampoing à Piper et aller le faire marcher demain matin, à 8 h.

— Je sais.

Claire tira la pince de ses cheveux et laissa retomber sa longue frange. En de pareils moments, elle se demandait si ça valait la peine de travailler pour son frère. Mais son but était d'amasser assez d'argent pour se procurer une garde-robe approuvée par Massie pour la rentrée — ou, du moins, un beau jeans — et jusqu'à présent, Todd était la seule personne en ville prête à embaucher une fille de 12 ans.

À présent que Sarah, Sari et Mandy étaient enfin de retour d'une colonie de vacances à temps plein, peut-être que son job chez Les Jobs T-Odd inc. serait moins pénible. Évidemment, le nettoyage de voitures, le jardinage, le nettoyage de piscines, la promenade de chiens et le gardiennage d'oiseaux ne deviendraient pas soudainement amusants. Et dépendre de son frère cadet pour obtenir un chèque de paie ne deviendrait pas moins pathétique. Et de faire *tout* le travail pendant qu'il jappait des ordres dans les coulisses ne deviendrait pas moins humiliant. Mais avec les filles, sa vie en dehors des heures de travail serait remplie de rires à faire plier en deux, de bricolages et de collations sucrées.

Et il était temps.

Claire avait passé l'été à attendre que l'été commence. Et comme il ne restait plus que quatre semaines avant que ses parents vendent la maison et que toute la famille retourne à Westchester, elle ne voulait pas perdre une seconde de plus.

En pédalant sur la rue Cherry sur son vieux vélo noir et rose des *Supers Nanas*, Claire inspira l'air chargé d'agrumes. Les palmiers et les orangers lui avaient manqué durant la dernière année. Elle avait eu soif de l'air lourd et chaud qui la réchauffait comme l'une des vieilles écharpes en pashmina de Massie. Et elle aimait formuler un souhait chaque fois qu'un petit lézard filait à toute vitesse près de ses pieds nus. Elle avait appris à apprécier sa vie à Westchester, mais, pour elle, Kissimmee demeurait sa ville. Et elle en aurait enfin l'impression avec le retour de Sarah, Sari et Mandy.

Claire tourna dans la cour de sa bientôt exmaison de type ranch bleu ciel où trois mobylettes Razor étaient déjà garées sur la pelouse herbeuse, à côté de la pancarte VENDUE.

— Oh mon doux!

Elle bondit de son vélo. Il frappa le sol alors que ses roues étaient toujours en mouvement.

— Hiiiii, crièrent trois filles de la fenêtre ouverte de la chambre de Claire.

— Hiiiiii, répondit Claire dans un cri en poussant la porte d'entrée, en filant à côté de son père et en gravissant deux à la fois les marches tapissées d'une moquette pêche. Vous êtes en avance, lança-t-elle en se disant silencieusement de ne pas s'en faire avec ses aisselles toxiques et ses cheveux avachis.

Ce n'était pas le Comité beauté qui se trouvait derrière sa porte couverte d'autocollants *Hello Kitty*, mais ses *sœurs* terre-à-terre pouvant porter la même paire de bas trois jours de suite. Elle ne se serait jamais souciée de son apparence auparavant...

Pourtant, une pointe d'effort ne ferait pas de tort.

Après quelques coups de langue sur ses lèvres (le brillant à lèvres des filles pauvres) et un pincement rapide de ses joues (le fard des filles pauvres), Claire fit irruption dans sa chambre jaune citron, où ses pieds nus s'enfoncèrent dans la moquette blanche à poil long. En l'honneur du retour de ses amies, elle avait saupoudré le tapis de brillants de chacune de leurs couleurs : bleu pour Mandy, rose pour Sari, orange pour Sarah et vert pour elle-même. On aurait dit que tout le défilé de l'Orange Bowl avait fondu sur le plancher de sa chambre.

— CLAIRE L'OURSON !

Les filles se ruèrent vers elle pour former une étreinte de groupe, mais les bras de Claire restèrent flanqués le long de son corps. C'était ça ou obtenir le surnom d'Aisselles sales de la bouche de Massie si jamais l'histoire se frayait un chemin jusqu'à New York.

— Pourquoi es-tu aussi raide?

Mandy s'écarta, ses sourcils épais et foncés encore plus évidents qu'il y a un an.

— C'est une habitude de Westchester? Parce que j'ai entendu dire que les gens sont plus froids là-bas. Sans vouloir faire un jeu de mots. Bien, peut-être un petit jeu de mots. Mais quand je dis plus froids, je veux dire émotionnellement. Je ne parle pas du temps. Même s'il fait froiiiiiiiid.

Sari fit semblant de trembler et sa mince lèvre supérieure disparut sous ses dents avancées.

— Peut-être que c'est la mooooode new-yorkaise?

Sarah se secoua comme une danseuse de limbo qui se prépare à glisser sous la barre, mais ressemblant davantage à une personne ayant pris un relaxant musculaire en pleine tempête de vent.

Claire sourit chaleureusement. Mandy refusait toujours d'épiler ses visières poilues! Sari radotait toujours lorsqu'elle était excitée! Et Sarah n'avait toujours aucun rythme! Comme une vieille chanson chargée de souvenirs d'un ancien béguin, ces traits de caractères uniques ramenaient Claire à l'endroit exact où elle se trouvait avant son déménagement. Un endroit où le brillant à lèvres était uniquement appliqué avant une photo de classe, où le fard à joues appartenait à l'Halloween et où l'odeur corporelle (OC) était parfaitement naturelle.

— Aucune de ces réponses. J'ai un problème d'OC, ricana Claire.

— Ça ressemble plus à de l'OM.

Mandy leva son long bras mince et pointa du doigt la tête du lit à une place de Claire recouverte d'un tissu à motifs de marguerites.

Le joyeux tissu imprimé de motifs floraux blanc et vert était piqué de punaises retenant des douzaines de photos du Comité beauté. Des photos des filles couchées sur des sacs de couchage, empilées sur le siège arrière du Range Rover, applaudissant à un match de soccer, sculptant le logo de Chanel dans la neige, laissant pendre des sashimis au thon de leurs bouches, faisant un toast au café au lait chez Sixbucks et volant à bord du jet privé des Studios Gelding en direction d'Hollywood. De plus, diverses poses à la *Vogue* du mannequin Massie étaient affichées.

— C'est quoi de l'OM ? demanda Claire, mi-souriante, mi-effrayée de la réponse.

— Officiellement modifiée.

Mandy fit la moue, et l'intérieur de sa lèvre inférieure parut d'un rose extrême par rapport à sa peau toujours pâle.

Les cils blond blanc de Claire papillonnèrent de confusion.

— Ou Obsédée par Massie.

Sari joua avec une mèche de ses longs cheveux blonds — un geste qu'elle posait toujours lorsqu'elle talonnait quelqu'un.

— Ou *Mia-ouuuuuu*, ronronna Claire comme si elle était la femme-chat, cherchant désespérément à mettre fin à leurs moqueries.

Pas parce qu'elle n'était pas capable de le prendre, mais parce qu'elles la forçaient à tenir compte de la vérité derrière les taquineries, ce qu'elle n'était pas prête à faire. N'était-ce pas possible d'aimer ses deux groupes d'amies de façon égale ?

— Ou Objectif mamours !

Sarah souleva la seule photo à l'envers, l'embrassa et la dissimula dans ses cheveux blond cendré courts, bouclés et emmêlés. Mais Claire eut quand même le temps de jeter un coup d'œil interdit sur son ex-béguin, Cam Fisher, qui envoyait un clin d'œil vert à l'objectif.

Au début de l'été, quand elle avait accroché la photo, Claire avait fait un pacte avec elle-même : ne pas regarder la photo tant que

Cam n'aurait pas répondu à l'une des six lettres « désolée de t'avoir espionné grâce à la caméra secrète plantée dans ton cours de formation à la sensibilité et je ne ferai jamais plus quelque chose comme ça si tu me donnes une deuxième chance » qu'elle lui avait envoyées à sa colonie de vacances. Huit semaines plus tard, sa boîte aux lettres était aussi vide que son cœur.

L'apercevoir maintenant, même durant une seconde, suffit à conjurer l'odeur boisée et riche de son eau de Cologne Drakkar Noir et toute la lourdeur qui accompagnait le manque de lui dans sa vie. Cette sensation soudaine était étourdissante. Claire s'assit sur le bord de son lit et soupira en même temps que les vieux ressorts grinçants, laissant échapper la joie comme un ballon percé qui se dégonfle.

Sarah prit gentiment place près d'elle.

— On plaisante, Claire l'ourson.

Son pantalon de gaze couleur écume de mer érafla la cuisse de Claire.

Sari s'assit également, recouvrant ses genoux osseux à l'aide de sa robe bain-de-soleil TJ Maxx.

— On s'est simplement ennuyées de toi. Et ces photos prouvent que tu nous as remplacées.

— Je ne vous ai pas *remplacées*!

Claire se leva.

— Vous devriez voir mon ordinateur. Vous êtes sur mon économiseur d'écran *et* mon papier peint.

— Wow. *Les deux?*

Mandy fit tournoyer ses doigts dans les airs comme si une assiette s'y trouvait. Mais le sarcasme mordant n'était rien en comparaison avec les poils noirs sur le bras de son amie. Peut-être qu'ils paraîtraient moins avec un bronzage... ou une manche. N'importe quoi d'autre qu'une robe-débardeur couleur gris eau de vaisselle aurait été un pas dans la bonne direction.

— Heureusement que *Tapez L pour Looser* a été un échec, sinon, on t'aurait perdue pour toujours!

Sarah retira la photo de Cam de ses cheveux et la fixa à nouveau sur la tête de lit, à l'endroit cette fois-ci.

— Complètement pas vrai! lâcha Claire, empruntant une expression d'Alicia.

— Que veux-tu dire? demanda Sari en frappant amicalement le bras de Claire. Ç'a été un échec complet.

Claire éclata de rire.

— Je veux dire que le fait de me *perdre* pour toujours n'était complètement pas vrai. Je *sais* que le film était un échec.

Elles rirent un peu trop de bon cœur. Et Claire se demanda si ce n'était pas un moyen pour elles de relâcher le stress qui s'était accumulé en chacune d'elles au cours de la dernière année. Le stress émanant du constant questionnement à savoir si sa meilleure amie avait trouvé quelqu'un de mieux.

Mais alors qu'elles frappaient le lit recouvert de marguerites et essuyaient de leurs yeux les larmes causées par la rigolade, la réponse semblait évidente. Elles retrouvaient leur rythme. Et elles le conserveraient tant que Claire pourrait leur démontrer que Massie et le Comité beauté ne l'avaient pas changée d'une miette. Ça ne devrait pas être *trop* difficile, n'est-ce pas?

577, RUE PEACH WILLOW

KISSIMMEE, FLORIDE
Le lundi 3 août
8 h 09

Le thermomètre géant vissé sur le côté de la porte-moustiquaire de madame VanDeusen indiquait 28 °C. Malgré tout, le petit chihuahua de la vieille dame frissonnait comme s'il avait mené un périple de nuit sur l'Himalaya.

À la maison voisine, une porte de garage beige s'ouvrit en grognant pour permettre à une fourgonnette beige assortie de reculer dans l'entrée noire et lisse.

— Je sais comment tu te sens, Piper.

Claire s'agenouilla sur la pelouse avant, située à la fin d'un cul-de-sac jonché de jouets Fisher Price. Elle souleva le frêle chien. Ses côtes étaient à moins d'un repas d'être complètement exposées.

— Je tremblais comme ça à Westchester. À cause du froid surtout, mais aussi partiellement à cause des gens, rigola-t-elle doucement.

Piper cligna ses yeux noirs globuleux et lécha la joue de Claire en signe de sympathie.

— Ahhhh, merci, dit-elle en serrant le chiot. Mais tu n'as pas à t'en faire pour moi.

Elle le déposa gentiment sur le trottoir chaud et enroula la laisse à motif de léopard autour de son poignet.

— Je me suis adaptée.

À l'intérieur de la fourgonnette, deux fillettes plus jeunes que Claire pointèrent vers elle en riant. Elles se demandaient sûrement si elle parlait réellement au chien.

En tirant légèrement sur la laisse, Claire annonça à Piper qu'il était temps de bouger. Piper répondit avec un petit éternuement et une cabriole pleine d'entrain.

La marche de 30 minutes rapportait 13 $, soit 7 $ à Les Jobs T-Odd inc. et 6 $ à Claire. Au lieu de se sentir amère à propos de cette division inéquitable, elle essayait de profiter de cette période en prenant des photos. Le sujet du jour était toujours le même : *Les choses dont je m'ennuierai quand je serai de retour à Westchester*. Chaque fois que Piper s'arrêtait pour renifler une fleur ou lécher un morceau de gomme aplati, Claire extirpait son appareil-photo Canon Elph de la poche de sa jupe vert poire de style cargo et se mettait à l'affût d'éléments qu'elle ne verrait plus en septembre.

Deux palmiers majestueux se tenant côte à côte comme des amoureux.

Clic.

Un arc-en-ciel dans l'eau du gicleur des Bennett.

Clic.

Ses chaussures Keds brunes à pois roses.

Clic.

C'est à ce moment que son téléphone rouge incrusté de diamants de fantaisie — une édition spéciale conçue pour le film *Tapez L pour Looser* — indiqua qu'elle avait reçu un message texte.

Keu-laire!

C'était la sonnerie personnelle de Massie. Elle l'avait enregistrée avant la séparation du groupe pour l'été. Il était amusant de constater que ce qui aurait ressemblé à une insulte il y a seulement un an paraissait soudain touchant.

De ses mains qui tremblaient autant que Piper, Claire éteignit son appareil-photo. Après trois jours sans aucun message, un message texte pour lui dire qu'elle s'ennuyait d'elle lui semblait improbable.

Elle dirigea Piper vers un biscuit Graham émietté laissé sur le trottoir devant la maison des Hobson et elle s'assit sur le bord. Une fois le chien occupée, Claire inspira profondément et ouvrit le message.

Massie : Liste de magasinage pour la rentrée. Pour le CB seulement.

À effacer après achat.

JEANS ACCEPTABLES : J Brand, Joe, Earnest Sewn, True Religion, Page, William Rast, AG, Rich & Skinny.

HAUTS ACCEPTABLES : C&C, Vince, DVF, Splendid, L.A.M.B., Theory, Ralph (Alicia !), Ella Moss, Marc et Juicy. Les vêtements vintage, pourvu qu'ils ne sentent pas le pipi de chat, les boules à mite ou la vieille madame.

CHAUSSURES : Uggs (la fds seulement), Marc, Michael Kors, Calvin, toute marque vendue au 7e étage de Barneys, pas de Keds !

MAQUILLAGE : Doit être acheté ds 1 grand magasin (et pas à la pharmacie Keu-laire !). Pas de cosmétiques Sois jolie. Ils n'existent + pour moi.

AUTRES INTERDITS : Tout ce qui brille. Le brillant est mon style pour la rentrée. Tout ce qui a été acheté av juin de cette année (sauf les vêtements vintage et les bijoux). N'achetez pas de bracelets porte-bonheur chez Tiffany... Vs comprendrez qd on se verra. ☺

Envoyez msg avec questions.

35 jrs avant notre réunion. YÉÉÉÉÉ ! À +

Piper jappa une fois contre une abeille qui tournait autour de lui avant de lui donner un coup de sa patte avant. Après l'avoir manqué, il lécha le sol à l'endroit où son biscuit avait été. Claire soupira. Pourquoi sa vie ne pouvait-elle pas être aussi simple? À la place, elle avait gaspillé la majorité de son été à travailler pour Todd. Et pour *quoi*? Une somme globale de 167,70 $? *Mon doux!* La seule chose qu'elle pouvait se permettre sur la liste de Massie était le vêtement vintage... à l'Armée du Salut. Et *peut-être* son nettoyage à sec.

Plus que tout, Claire aurait voulu envoyer un message texte à Kristen pour lui demander — sous le sceau total de la confiance jurée par un serrement de petits doigts — comment elle, qui était dans la même situation financière qu'elle, pouvait se permettre quoi que ce soit sur cette liste. Mais elle résista à l'envie. Qu'arriverait-il si Kristen parlait? Rappeler à Massie que Claire ne pouvait pas suivre les autres pourrait mettre en péril la place de Claire au sein du Comité beauté. Et qui voulait commencer la huitième année sur *cette note*? Surtout qu'elle subissait déjà le silence de Cam.

Claire décida plutôt d'envoyer un message texte à Massie et de faire appel à la philosophie de Visa, «achetez maintenant, payez plus tard». Seulement, dans son cas, c'était plutôt «*mentez* maintenant, payez plus tard».

> Je file au centre commercial DQP! J'aimerais
> que tu sois ici.

Dès que le message fut envoyé, Claire mordit son ongle le plus long en se demandant quel serait le prix *réel* qu'elle aurait à payer.

Un autre message texte.

> Amnésique? Je SUIS ici. On y va!

Le cœur de Claire se serra avant de se rouler dans la position fœtale. *Ici?* Massie était *ici?* Comment était-ce possible? Elle relut le texte dans l'espoir d'y lire «Je blague ☺».

> En passant, appelle-moi Amandy. C'était
> mon nom à la colonie. Ça donne l'impres-
> sion que j'ai 16 ans, non?

Claire regarda l'écran. MANDY! L'écran indiquait MANDY! Elle avait accidentellement envoyé son message à Mandy et non à Massie! Elle était libre de porter des vêtements lavables à la machine et des mocassins pour encore 35 jours.

Claire remua ses orteils avec joie dans ses Keds et se pencha pour donner un câlin à Piper. Il toussa une fois avant de vomir le biscuit Graham.

Mandy : Non ?
Claire : Oui ! J'adr ton nouveau nom !

Avec une nouvelle détermination, Claire tira sur la laisse de Piper. Un autre tour du pâté et elle gagnerait 6 $. Ceci ne la rapprocherait pas de la garde-robe approuvée par Massie, mais ça lui permettrait de se procurer un sac de bonbons surs au Baron du bonbon et une grande barbotine à la framboise.

Mandy : À la colonie, on était les SAS : Sarah + Amandy + Sari. Maintenant que tu è de retour, ns pouvons être les SACS !
Claire : Pas le magasin Saks : je ne peux pas me le permettre. ☺
Mandy : MDR !

Un frisson de joie intense parcouru le corps de Claire. Elle faisait partie de son groupe floridien de nouveau. La période d'ajustement inconfortable avait officiellement pris fin.

Mandy : On dominera le concours Mlle baiser ! ! !

Claire s'apprêtait à renvoyer un message à son amie pour lui rappeler qu'elles étaient trop jeunes pour participer au concours de beauté local. Puis, elle se souvint : elles avaient *12* ans. Elles pouvaient participer au concours ! Toutes ces années passées à affûter leurs talents spéciaux, à défriser leurs cheveux, à s'exercer à faire la moue... et enfin, le grand moment était arrivé. Elles pouvaient s'inscrire au concours de beauté local Mademoiselle baiser et...

Oh.

Soudain, un fouillis d'émotions troubles boucha le frisson de *joie* de Claire. Elle frotta son ventre pendant que Piper leva sa patte de derrière pour uriner sur le pneu d'une Honda Accord bleu royal. *D'où venait ce nœud dans son estomac ?* Elles attendaient le jour où elles participeraient au concours Mademoiselle baiser depuis toujours — les coiffures, le maquillage, les vêtements, la presse, les prix, la rivalité...

Double oh ! La rivalité. Voilà le problème ! Il existait un nombre infini d'amitiés à vie brisées en raison du concours Mademoiselle baiser. L'an dernier, la rivalité avait eu raison de vraies jumelles : les sœurs Bernard, qui, jusqu'à ce jour, niaient être de la même famille. Et après l'année passée à Westchester, la dernière chose que Claire souhaitait était de faire la concurrence à ses meilleures amies.

Mandy : J'appelle SS et on ira magasiner des robes pr le concours.

Claire : Je serai votre gérante.

Mandy : ?????

Claire : Je déménage. Si je gagnais, ce qui è tellement impossible, je ne pourrais pas participer à l'ouverture des aires de restauration ou aux parades de football.

Mandy : Mais que fais-tu du $ $ $ $?

Claire : $?

Mandy : 1er prix = 1000 $!

Claire s'arrêta de façon tellement soudaine que Piper faillit s'étrangler. Elle ne pouvait pas éloigner ses yeux du message d'Amandy. Mille dollars ! Piper commença à lécher son gros orteil et Claire commença à ravaler ses paroles.

— Quoi de mal dans une saine rivalité entre amies ?

Après avoir promis de rejoindre la mère d'Amandy à la boutique de soldes Nike dans 30 minutes, SACS se ruèrent vers le Dress Barn. Un souffle froid d'air climatisé fouetta leurs bras nus et promit de les tenir alertes durant leur navigation dans les rangées de motifs éclatants et de tricots durables. Et la version instrumentale de la chanson *4 Minutes* de Madonna, Justin Timberlake et Timbaland garantirait qu'elles s'amuseraient durant leur mission.

— Rassemblement.

Amandy s'arrêta sous un mannequin vêtu d'une robe brune à pois verts et portant des sandales dorées. Elle parcourut le magasin du regard comme si elle était à la recherche d'oreilles indiscrètes et sourit quand elle réalisa qu'elles étaient les seules candidates valables au concours.

— J'ai fait de la recherche sur Mademoiselle baiser et, par souci d'entraide féminine, je vais partager mes renseignements.

— Prêtes!

Sarah extirpa un stylo Bic de ses courts cheveux blonds bouclés et le tint au-dessus de sa paume. Sari leva son pouce comme pour lui dire : «Bon travail du côté de la prise de notes.»

Les S portaient des débardeurs d'un rose légèrement différent et leurs jeans coupés étaient couverts de cœurs brillants dans leurs couleurs de marque : rose pour Sari et orange pour Sarah. Un projet complété à la colonie, sans aucun doute. Par contre, Amandy avait choisi d'immortaliser son été avec un poignet chargé de bracelets et de macramés aux couleurs vives. Ils ajoutaient une touche cool et farouche à son adorable robe bain-de-soleil en coton pervenche de J. Crew.

Claire ressentit un éclair de jalousie. *Pourquoi avait-elle laissé Massie la convaincre que les bijoux faits mains étaient laids?* Du cuir tressé aurait ajouté une note tellement radicale à sa minijupe vert menthe de style cargo et à son t-shirt à manches capes jaune signé Ella Moss (qui provenait de la garde-robe de Dylan).

— Écoutez ça, murmura Amandy alors qu'une mince veine bleue bombait sur sa tempe. Durant les cinq dernières années, les filles qui se sont qualifiées au concours portaient toutes des robes aux couleurs de fruits. Aucun ton terreux. Pas de blanc de la tête aux pieds. Pas de noir.

Elle ricana avant de rouler ses yeux bleus.

— Comme si on porterait ça.

Sari se pencha vers la main de Sarah pour s'assurer qu'elle consignait toute l'information.

— Et les motifs?

Sarah souleva son stylo.

— Disons qu'aucune fille n'a été écartée parce qu'elle portait des tissus floraux.

Amandy lissa son sourcil foncé et épais comme si le fait de prodiguer des conseils gratuits demandait beaucoup d'effort.

— Et la longueur? Parce que c'est super important d'avoir la bonne longueur parce que, je veux dire, ça peut être à la cheville ou au genou ou au-dessus du genou ou même, je veux dire, à la mi-cuisse. Je veux juste être certaine, tu sais?

Sari posa sa question tout en fourrant une poignée de bonbons en forme de grains de maïs dans sa bouche. Elle tendit instinctivement le sac Ziploc vers les autres pour qu'elles puissent se servir. Un délicieux goût de sucre emplit la bouche de Claire. D'abord mou, puis granuleux et enfin liquide et sucré. La sensation d'ensemble était douce et tendre — un changement bienvenu après les coins pointus et malveillants des croustilles faibles en gras Lays cuites au four qu'elle avait grignotées pendant tout l'été.

— Rien au-dessus de la mi-cuisse. C'est le concours Mademoiselle baiser et non pas Mademoiselle bobette!

S et S éclatèrent de rire. Claire essaya de les imiter. Mais après une année à entendre les répliques habiles de Massie, il était impossible pour elle de se contenter d'autre chose qu'une remarque brillante.

— Pouvez-vous croire qu'on est réellement *ici*?

Sarah jeta un regard à la ronde à la boutique Dress Barn comme si elle était Dorothée venant d'atterrir à Oz.

Claire pouvait pratiquement entendre Massie répondre : *Euh, non!*

— C'est tellement excitant, parvint-elle à dire après avoir enfin trouvé sa propre voix. On a attendu pendant toutes ces années et...

— Garde ton discours pour les juges, lança Amandy en donnant un gentil coup de coude à Claire. Allons magasiner!

Avec désinvolture, Sari fourra son sac Ziploc vide dans la poche de la robe brune à pois verts du mannequin.

— Euh... Sécurité ! appela Sarah à la blague.

— Tu as vu *ça* ? éclata Sari.

— Sécurité !

Claire et Amandy joignirent leurs voix jusqu'à ce qu'elles se tapent toutes le dos en rigolant de façon hystérique, se rappelant à peine ce qui avait provoqué un tel rire au départ. Lorsque le rire cessa finalement, les abdominaux de Claire criaient de douleur et son cœur bourdonnait de joie.

— On se rencontre aux salles d'essayage dans 10 minutes ? demanda Amandy avec insistance pour leur rappeler pourquoi elles étaient là.

Quelques secondes plus tard, les filles se séparèrent comme les pointes de cheveux ayant subi trop de traitements, et chacune d'elle s'appropria un territoire dans le Dress Barn. Claire s'aventura vers les verts et les jaunes, où une robe tube aux couleurs gaies avait attiré sont attention. Elle était d'une longueur parfaite et ses fleurs étaient assurément de la couleur des fruits — banane et kiwi, ou peut-être était-ce lime ? Elle pinça l'ourlet et le frotta légèrement entre son index et son pouce. Le tissu était rêche et poreux. Un bruit que Piper aurait absolument pu entendre grâce à ses oreilles sensibles de chien. Claire relâcha rapidement la robe et regarda d'un bout à l'autre du magasin pour voir si ses amies avaient une réaction similaire devant le tissu bon à causer des rougeurs. Mais SAS empilaient les robes sur leurs bras repliés comme si elles avaient gagné une séance de magasinage gratuite d'une heure chez Bloomingdale's.

Claire tenta d'imaginer le Comité beauté dans ce magasin où la robe moyenne coûtait 30 $ et où les filles de taille 24 étaient les bienvenues. Mais elle n'y parvenait pas. Dans son esprit, le Comité beauté et le Dress Barn refusaient de fusionner, comme de l'huile et de l'eau. Du lait caillé et du café. Angie et Jen. Elle pouvait cependant imaginer Massie faire une blague quelconque sur le magasin dont le nom voulait dire « grange de robes », probablement parce que les vêtements étaient conçus pour des animaux. Et pendant un instant, elle s'ennuya de la meneuse. Et une seconde plus tard, elle s'ennuya de son ancien moi.

Soudain, Claire se mit à transpirer. Des crampes saisirent son estomac et les battements de son cœur s'accélérèrent. Les couleurs vibrantes de Dress Barn l'entouraient et, pourtant, elle était incapable de bouger. De vieilles photos lui disaient que les couleurs vives comme le vert, le jaune, le rose, le corail et le turquoise lui seyaient — ce qui était encore plus vrai maintenant qu'elle était bronzée. Et les statistiques démontraient que les juges appréciaient ces couleurs. Mais quelque chose l'empêchait de plier son bras pour y empiler ses possibilités.

Ce quelque chose, c'était Massie.

Grâce à *elle*, Claire en savait trop sur la bonne qualité et le mauvais goût. Après avoir passé la dernière année entourée de vêtements de grands couturiers lavables à la main ou réservés au nettoyage à sec uniquement, elle avait développé un goût pour la bonne qualité. Elle ne l'avait tout simplement pas réalisé jusqu'à maintenant. Et sans argent pour nourrir ce goût, ce savoir lui donnait l'impression de se retrouver dans une cellule de prison couverte de polyester.

Trouvant une cachette derrière un présentoir circulaire de cardigans tricotés dans un arc-en-ciel de couleurs, Claire tapa un message texte rapide.

> Claire : Je vais à un bal VIP. Ma robe doit être aventureuse, amusante et avantageuse. Pas de noir. Des suggestions ?

Une réponse arriva en quelques secondes.

> Massie : Les 3 A ? Pas de prob. Miu Miu offre une robe ivoire avec des paillettes en forme de fleurs. Elle è féminine sans être trop fifille et peut être portée tant le jour que

le soir avec les bons accessoires. Parfaite avec un sac à main Stella McCartney et des chaussures Jimmy Choo. 100 % soie et entre-deux 75 % acétate, 25 % viscose. Nettoyage à sec seulement. Remarque : taille italienne.

Claire : ☺ Merci.

Claire commença immédiatement à parcourir les étiquettes des robes à la recherche de soie. Mais les mélanges de rayonne et de polyester furent tout ce qu'elle put trouver. Abandonnant la partie, elle fila vers la section des vêtements ivoire où, par chance, un mannequin portait une jolie robe à la jupe en A munie de minuscules paillettes en forme de fleurs. Les fleurs étaient brunes (ton terreux ☹) et la robe était de couleur crème (blanc ☹), mais elle allait aux genoux (Mademoiselle baiser, pas Mademoiselle bobette ☺), elle ressemblait à la robe Miu Miu proposée par Massie (☺) et elle coûtait 32,95 $ (☺☺☺☺☺).

Claire se précipita vers le miroir le plus près et enfila la robe par-dessus ses vêtements. Une fois les bosses de sa jupe de style cargo et de son t-shirt Ella Moss disparues, la robe lui irait parfaitement. Tout ce dont elle avait besoin était une paire de mocassins bruns et...

— Tu as trouvé quelque chose ?

Amandy apparut derrière elle, plissant les yeux devant les robes blanches suspendues comme si leur éclat lui faisait mal aux yeux. Une robe à la taille empire de couleur cerise et couverte de coquelicots se balançait du cintre en plastique translucide accroché à son doigt.

— Ouaip.

Claire posa les mains sur ses hanches et se retourna vers son amie.

— On dirait du gruau grumeleux, se moqua Amandy.

— Vous aimez?

Pieds nus, Sarah fit son entrée dans un pas de danse. Ses genoux étaient à demi pliés, ses paumes leur faisaient face et faisaient un va-et-vient comme des essuie-glaces. Elle semblait bouger au rythme emballant de *4 Minutes*, même si la chanson était terminée depuis un moment et qu'une ballade larmoyante l'avait remplacée. Elle portait une robe foulard bleue, orange et jaune. Elle était de style bohémien-chic et elle était flatteuse, mais d'une façon décontractée qui ne pouvait malheureusement pas décrire ses pas de danse.

— Jolie, dit sincèrement Claire en souriant. Des sandales dorées seraient a-do-ra-bles avec cette robe.

— Vraiment?

Sarah tira sur l'une de ses boucles.

— Je pensais porter mes méduses bleues. Elles ont un petit talon parfait!

Claire se mordit littéralement la langue pour s'empêcher d'émettre ses commentaires. *Ses amies avaient-elles toujours eu aussi peu de goût? Devrait-elle intervenir? Était-ce ainsi que Massie se sentait en sa présence?*

— Je pensais qu'on se rencontrait aux salles d'essayage? se lamenta Sari. J'attendais là-bas depuis des heures et des heures et des heures puis j'ai finalement abandonné et je suis venue vous chercher ici et Dieu merci, parce que vous êtes là!

Puis, elle tint une robe à motif cachemire aux couleurs rose pâle, jaune pâle et vert pâle devant son long torse. Elle déplaça ses longs cheveux blonds afin qu'ils cascadent par-dessus ses épaules, lécha ses lèvres minces et fit la moue.

— Mouah!

— Bah! lâcha Claire.

Elle s'apprêtait à ajouter qu'on aurait dit qu'une boîte de Good & Plenty avait fondu et coulé partout sur sa robe. Mais elle se retint quand elle remarqua que le menton pointu de Sari tremblait.

— Je le savais. Tu *as* changé! cria Amandy.

Sarah haussa ses sourcils noirs et articula silencieusement «Aïe!», mais ne prononça pas une parole pour défendre Claire.

— On avait l'habitude de choisir tout le temps les mêmes vêtements comme quand on a voulu la même salopette courte jaune serin ou les chaussures Keds fourreaux fuchsia ou encore le super chapeau avec des tournesols en plastique comme ceux qu'on met sur les vélos, dit Sari en faisant la moue. Tu te rappelles?

— Oui, répondit solennellement Claire à premier abord.

Elle parvint ensuite à lui adresser un sourire enthousiaste.

— Je veux dire, j'ai *encore* les mêmes goûts que vous.

Elle avança le bras vers la robe de Sari et agrippa le tissu raide. On aurait dit la surface des rochers où elles se faisaient bronzer dans le parc national de Kissimmee avant qu'Amandy fasse un projet de science sur les mélanomes.

— Bah, ça veut dire que j'aime ça. Ça veut dire...

Claire s'interrompit un instant. Bactérie ambulante? Banalement affreux? Bêtement aberrant?

— *Beauté ahurissante.*

— C'est vrai?

Le menton de Sari cessa de trembloter et son expression s'adoucit.

— Bien sûr. Qu'est-ce que tu *pensais* que ça voulait dire?

Claire entendit sa propre voix, mais la reconnut à peine. Était-elle gentille ou cruelle ? Sensible ou manipulatrice ? Compatissante ou compétitive ? Ou avait-elle évolué en une espèce de créature déviante qui était une combinaison énigmatique de tout cela ? Attendez que Layne entende parler de ça. Elle la supplierait pour recueillir son sang et analyser ses cheveux et...

— J'ai eu l'impression que tu ne l'aimais pas, parce que, comme, d'habitude, « bah » ça veut dire « beurk », comme dans « moche » ou « dégoûtant » ou « c'est vraiment affreux » ou quelque chose comme ça, alors je pensais que peut-être que tu ne l'aimais pas, ce qui était un peu décevant parce qu'habituellement, on aime les mêmes choses.

Sari gratta le cœur rose sur le côté gauche de son short.

— J'*adore* la robe.

Claire fit appel à chaque gramme de sa formation en jeu pour paraître convaincante.

— Prouve-le.

Amandy retira l'élastique qui tenait sa queue de cheval. Ses cheveux brun foncé, qui étaient toujours un peu humides, tombèrent sur ses épaules.

— Comment puis-je le *prouver* ?

Le cœur de Claire battit plus fort. *Est-ce que Piper pouvait l'attendre ? Et Bean ?*

— *Achète* la robe, sourit Amandy.

— Mais Sari l'a trouvée. Ça ne serait pas juste, tenta Claire. Pour *elle*.

— Salut. Je suis Louise. Tout va bien ici ? demanda une petite femme ronde aux cheveux bruns qui portait un cardigan en tricot marron et un pantalon noir aux jambes évasées.

Les deux articles lançaient un reflet de polyester sous les projecteurs sur rail du magasin. Elle serra ses mains potelées et sourit, tentant de paraître patiente pendant qu'elle attendait une réponse.

— Tout va bien, merci, répondit finalement Claire.

— Achèterez-vous ces articles ?

Louise pointa vers la caisse au centre du magasin.

— Et bien ? dit Amandy.

— Je ne peux pas prendre ta robe, insista Claire auprès de Sari.

— Mais oui, tu peux, répondit Sari en la tendant vers elle. La tienne est super jolie. Elle me rappelle une robe Miu Miu que j'ai vue sur Bluefly.

— Mais elle n'est pas de la bonne couleur. Je ne l'achetais pas pour le concours.

Claire mordit son pouce. Une vieille chanson de Kelly Clarkson retentit dans les haut-parleurs.

— Je peux m'arranger pour que ça marche.

Sari empila ses cheveux sur sa tête et lui fit un clin d'œil.

— Elle est Bah.

— La mienne est-elle Bah? demanda Amandy.

— Super Bah! dit Sarah.

— Est-ce que ça signifie que vous n'achèterez *pas* les robes? demanda la vendeuse.

Sari jeta la robe Good & Plenty par-dessus l'épaule de Claire et attrapa une autre imitation de la robe Miu Miu du présentoir.

— Non, sourit-elle. Ça veut dire qu'on *va* les acheter.

— Vous êtes chanceuses. Il y a une réduction de 25 % sur toutes les robes que vous avez choisies aujourd'hui.

Claire sourit en soupirant.

— Sauf la tienne.

Louise pointa Claire.

— La tienne est toujours 59,95 $. Tu as un excellent goût. C'est la robe la plus chère de la collection d'automne de Dress Barn.

— Elle en vaut chaque sou, sourit Claire, qui savait que son amitié avec SAS était plus précieuse que l'argent.

Tout ce qu'il lui resterait à faire serait de promener Piper 10 autres fois et elle retrouverait ses économies.

Sa fierté, par contre, était partie pour toujours.

— Tire le râteau plus près de toi, ordonna-t-elle à Todd. Et essuie la sueur sur ton front, ça m'aveugle.

Todd souleva le bas de son t-shirt rouge à l'effigie Les Jobs T-Odd et essuya son visage.

— C'est mieux?

Claire leva son appareil-photo. Elle prit cinq photos de son frère en action dans la cour avant pendant qu'il faisait semblant de râteler une pile de feuilles de palmier sur une pelouse autrement impeccable.

Cette photo représenterait le «jardinage» dans la série de papiers peints téléchargeables gratuitement du site de Les Jobs T-Odd — un petit cadeau qu'il voulait laisser à ses clients après son déménagement. C'était sa façon de «donner en retour » et de leur montrer à quel point il appréciait sa clientèle. Pour Claire, c'était un moyen de récupérer une partie de l'argent qu'elle avait perdu sur la robe Good & Plenty.

— C'est bon, annonça Claire en consultant sa liste de prises. On passe à la prochaine.

- Nettoyage/rehaussage de voiture ;
- Nettoyage des insectes dans la piscine ;
- Organisation du garage et retrait de jouets pas cool ;
- Consultation sur la garde-robe ;
- Maquillage de visage ;
- Gardiennage de chien ;
- Jardinage et arrangement floral ;
- Lecture aux jeunes enfants.

— Installons-nous pour la prise de lecture.

Todd traîna son fauteuil poire marine Fatboy sous le petit cercle d'ombre projeté par un érable rouge feuillu. Il l'entoura de figurines d'action X-Men et d'une pile de livres du Dr Seuss. Lorsqu'il fut en place, les jambes croisées, penché vers Wolverine, Magnéto, Tornade, Cyclope, Dents de sabre et Crapaud, il glissa les vieilles lunettes bifocales en fil de métal de son père.

— Prêt !

Claire soupira et prépara son appareil-photo. La lumière était mauvaise, mais elle n'avait pas le temps de faire des ajustements. Elle avait un exercice de démarche avec SAS dans 25 minutes — et 20 de ces minutes seraient consacrées à la recherche du courage nécessaire pour sortir de la maison revêtue de sa robe pour l'inscription —, alors elle prit une série de photos pendant que Todd changeait de position et lisait à voix haute *One Fish Two Fish*.

— Est-ce ici le *domaine* des Lyons? demanda un homme assis dans un camion de livraison brun.

Todd éclata de rire. Et le livreur se joignit à lui lorsqu'il regarda la curieuse maison bleu ciel coincée entre deux autres maisons curieuses. Mais Claire ne voyait pas l'humour dans cette remarque. Depuis quand les livreurs d'UPS faisaient-ils des blagues sur la taille des maisons des gens? Bien, peut-être à Westchester, mais *ici*?

— Es-tu Keu-laire Lyons?

Il sortit de la voiture, une planche à pince à la main. Le nombre de poils blonds dignes d'un gorille sur son bras étaient assortis aux cheveux qui restaient sur les côtés de sa tête brûlée par le soleil.

— Ouais.

Claire se dépêcha d'aller à sa rencontre, ses pieds nus écrasant les piles piquantes de feuilles de palmier râtelées par Todd.

Il sortit un chariot à bras en métal du camion puis se débattit pour tirer une boîte garde-robe d'une hauteur d'un mètre cinquante de l'arrière du camion.

— Où la veux-tu?

— Euh, à l'intérieur, je suppose.

Claire se précipita vers la porte avant et s'écarta pour permettre au livreur de faire rouler la boîte dans le petit vestibule.

— Signature.

Il poussa la planche à pince dans ses mains et glissa le chariot de sous la boîte.

— Je suppose qu'un des majordomes de ton *domaine* s'en occupera, ricana-t-il.

— Très drôle, dit Claire avec un sourire sarcastique en fermant la porte derrière lui.

— Ouvre-la! la pressa Todd pendant qu'il fouillait dans la pile de papiers laissée sur la table blanche du vestibule.

Il repéra le coupe-papier plaqué argent de Bank of America de leur mère et le tendit à sa sœur.

Claire se hissa sur le banc de l'entrée pour atteindre le haut de la boîte et planta le coupe-papier dans le ruban d'emballage le long des joints. Une bouffée de Chanel N° 19 flotta de la boîte comme si elle avait libéré Massie Block de la lampe d'un génie. Claire ouvrit les rabats avant de la boîte de carton et aperçut une note épinglée à une housse de vêtements blanche sans plis. Elle souleva la carte pourpre et lut :

Sommes-nous des articles de mauvaise qualité ?

— Non, dit Claire avant de·retourner la carte.

Alors nous n'avons pas besoin des boutiques de soldes !

— Comment a-t-elle su que je suis allée dans une *boutique de soldes* ? se demanda Claire à voix haute.

— Qu'est-ce que c'est ?

Todd leva les yeux vers sa sœur comme s'il admirait la statue de la Liberté.

Claire ouvrit la fermeture éclair de la housse et enfonça impatiemment sa main à l'intérieur. Impossible de ne pas reconnaître les textures. Denim, soie, perles, ruché, cuir, suède, coton doux comme le beurre (splendide !).

— C'est un cadeau de ma marraine-fée de la mode !

— Pourquoi ? Pour être demeurée à l'écart tout l'été ?

Todd ricana de sa réplique loin d'être drôle.

— Elle me les a probablement envoyés pour le *bal* !

Claire remercia la boîte en l'enlaçant comme si elle était Massie.

— Quel bal?

Todd passa sous le bras de Claire pour jeter un regard dans la boîte.

— Wow!

— C'est une longue histoire.

Claire le poussa du coude. Elle était tellement excitée qu'elle ne savait pas quoi faire en premier. La *texture* des vêtements était excellente. Elle avait tellement hâte de faire jouer son CD de Miley Cyrus et de les essayer. Mais plus que tout, elle était excitée fois dix par ce geste. Massie devait réellement la considérer comme une de ses meilleures amies à vie pour avoir pris la peine de lui envoyer un cadeau aussi extravagant. Tout ce que ses parents lui avaient dit sur Massie était vrai : «Elle agit seulement de façon méchante en raison de son insécurité. Lorsqu'elle s'en prend à quelqu'un, elle se sent en sécurité. Mais à l'intérieur, elle est une personne aimante et attentionnée qui fera preuve de gentillesse et baissera ses gardes lorsqu'elle saura qu'elle peut te faire confiance.»

Et bien, à voir la taille du cadeau et l'attention portée à celui-ci, il était plus qu'évident que ce moment était finalement arrivé. Non seulement Claire dominerait-elle les rondes de style du concours Mademoiselle baiser, mais elle pourrait retourner à Westchester et à l'école Octavian Country Day en sachant avec certitude qu'elle serait *branchée* à 150 %.

— Tu peux être certaine que Sarah, Sari et Mandy seront jalouses en voyant tes vêtements, indiqua Todd, en léchant avec plaisir ses lèvres rouges comme le diable.

Dans son for intérieur, Claire chuta comme si elle dévalait la pente de la montagne russe Magic Mountain.

— Oh ! Je n'avais pas pensé à *ça*.

Elle bondit du banc au plancher. Les carreaux de céramique étaient-il aussi froids il y a quelques minutes ?

— Pourquoi es-tu aussi triste ?

Todd posa sa paume moite sur l'épaule bronzée de Claire.

— Depuis quand te soucies-*tu* de moi ?

Claire se tortilla pour échapper à sa poigne.

— Une employée déprimée, ce n'est pas bon pour les affaires.

À cet instant, Claire aurait échangé chaque cent gagné contre un ami neutre à qui elle pourrait parler. Quelqu'un qui ne se soucierait pas de ce qu'elle portait, avec qui elle se tenait ou à quel endroit elle magasinait. Mais Layne participait à un atelier de sciences d'une durée d'une semaine avec d'autres amis de son cours d'été. Et Claire n'existait plus aux yeux de Cam.

Malheureusement, il faudrait que Todd fasse l'affaire.

— Pour résumer l'histoire, commença-t-elle, je vais passer l'audition du concours Mademoiselle baiser samedi, et Massie m'a envoyé une boîte de vêtements in-cro-ya-bles. Mais si je les porte, Sarah, Sari et Mandy — qui porte maintenant le nom d'Amandy — diront que je suis devenue «trop Westchester» et que je me trouve trop cool pour magasiner chez Dress Barn, alors je dois porter...

Elle leva le doigt pour indiquer à Todd qu'elle serait de retour dans une seconde. Après une ruée rapide vers le placard de sa chambre, Claire fut de retour avec la robe Bah.

— Ça.

— On dirait que quelqu'un a vomi des bonbons haricots dessus, rigola Todd.

— *Je sais.*

Claire frappa le sol de frustration avec son pied nu.

— Pourquoi ne les laisses-tu pas choisir aussi des robes dans la boîte de Massie? suggéra Todd tout en balayant ses cheveux roux de son front éternellement luisant.

Claire marqua un temps d'arrêt. Pour la première fois en 10 ans, son frère lui avait fait une remarque constructive. Mais après une seconde de méditation, elle secoua la tête.

— Je ne peux pas. Elles vont penser que je n'aime pas les robes qu'elles ont achetées et que je suis...

— Qu'est-ce que c'est? demanda Judi Lyons en bondissant dans l'escalier, revêtue d'une robe de tennis jaune citron.

Elle ne jouait plus au tennis depuis des années, mais elle trouvait que sa minijupe plissée était toujours aussi flatteuse et aurait détesté la jeter. Le soleil avait transformé ses cheveux bruns à la longueur des épaules en un blond foncé (sans aucun frais!) et elle avait décidé de les «laisser ainsi» jusqu'à son retour à Westchester.

— Des vêtements, sourit fièrement Claire. De la part de Massie.

Judi frappa son propre front.

— Ça me rappelle : Kendra a téléphoné.

— *Pourquoi?* demanda Claire, qui espérait que les Block n'avaient pas soudainement décidé de louer leur maison d'hôte à une autre famille.

— Elle m'a dit qu'elle espérait que l'intrusion ne nous dérangerait pas, ou quelque chose du genre. J'imagine qu'elle parlait de cette boîte.

— Dis-lui que ça ne nous dérange pas ! la pressa Claire.

— D'accord.

Judi posa un baiser sur le dessus de la tête de Claire ; un baiser qui disait : *Je suis heureuse que tu sois heureuse.* Elle fouilla de la paume la table en osier blanc du vestibule.

— Zut ! Mes clés sont à l'étage. Je reviens tout de suite et nous pourrons sortir.

— Où allez-vous ? cria Todd. On est au beau milieu des photos !

— Je t'ai dit que j'avais un exercice de démarche chez Dan la cuillère.

Claire jeta la robe Good & Plenty sur son épaule comme s'il s'agissait d'une serviette sale.

— Et j'ai déjà pris la pose de lecture.

Todd étendit les bras.

— De quoi ai-je l'air ?

— Super, soupira Claire.

— Jalouse ? demanda Todd en souriant à sa robe.

— Ce n'est pas drôle ! Qu'est-ce que je vais faire ?

Todd donna des tapes à son menton couvert de taches de rousseur avant de lever les yeux vers le ventilateur de plafond.

— Hé ! Tu te souviens de la fois où Massie a « accidentellement » renversé son café au lait sur la robe du dimanche de Kristen pour qu'elle n'ait pas à la porter à la danse de Pâques?

Claire rigola à ce souvenir.

— Et biiiiiien?

Todd lui fit un clin d'œil.

— Combien? grogna Claire.

— Je veux obtenir les photos du site Les Jobs T-Odd gratuitement.

Il croisa les bras devant son t-shirt Les Jobs T-Odd et adopta l'expression faciale qu'il empruntait pour conclure des affaires.

— Bien entendu, répondit Claire en roulant des yeux, mais elle lui serra la main. Marché conclu.

Durant le trajet en voiture de 15 minutes jusqu'au bar laitier local, le tissu rêche de la robe frotta l'arrière des jambes de Claire jusqu'à ce qu'elles soient à vif.

— Je reviendrai dans une heure, leur indiqua Judi pendant que ses enfants se glissaient hors de sa Pontiac Torrent rouge. Restez ensemble !

— Oui, mentit Todd en se baissant pour passer derrière le véhicule et courir d'un bout à l'autre du stationnement en direction du toit de l'épicerie Publix.

Son t-shirt Les Jobs T-Odd était gonflé par cinq ballons remplis de thé glacé.

— Ne t'inquiète pas.

Claire sourit en envoyant la main à Amandy qui descendait de la Saturn décapotable argentée de son père, devant le magasin Payless. Elle portait sa robe à taille empire couverte de coquelicots. La couleur vibrante de sa robe contrastait avec sa peau pâle et ses yeux bleu électrique. Après une épilation de sourcils, elle aurait pu obtenir la note de neuf. Mais ses cheveux bruns humides et son monosourcil baissaient sa note de façon considérable. Pas que Claire en tenait rigueur à sa plus vieille amie. Elle était seulement reconnaissante que Massie ne soit pas là pour être témoin de ce crime.

Amandy et elle posèrent le pied sur le bord du trottoir devant Dan la cuillère et se faufilèrent dans la foule de gens qui léchaient leur glace et transpiraient dans l'ombre de l'auvent rayé rose et blanc. C'est à ce moment que la sonnette du magasin retentit. Sarah et Sari se frayèrent un chemin ; chacune transportant deux cornets à double boules aux brisures de menthe et à la pâte de biscuit. Elles portaient des bavettes à homard en plastique autour du cou, qui provenaient, de toute évidence, de Quelle est la prise ?, le restaurant de fruits de mer à quatre portes de là, qui appartenait au père de Sari.

— C'est bourré de monde là-dedans, alors on a commandé pour vous.

En tendant un cornet à Claire, Sarah repoussa une mèche blonde de sa joue à l'aide de son épaule.

— Est-ce que vous avez d'autres bavettes? demanda Amandy en prenant son cornet de la main de Sari.

— Juste une, répondit Sarah en faisant la moue. Il n'en reste plus du tout. Vous pouvez la tirer à pile ou face.

Elle pointa vers une pièce de cinq cents dans son petit porte-monnaie en plastique transparent.

— Ça va, lâcha Claire. Mand... Je veux dire, Ah-mandy peut la prendre, dit-elle en tentant de s'habituer au surnom fatigant trouvé à la colonie. Les couleurs de ma glace sont les mêmes que celles de ma robe. Personne ne le remarquera si j'en renverse.

Amandy noua la bavette autour de son cou à toute vitesse. Elle tentait de toute évidence d'établir sa possession au cas où Claire changerait d'idée.

Sans avoir à prononcer une parole, SACS marchèrent en léchant leur glace en direction de l'arrière du Publix. L'énorme épicerie était dotée d'un quai de chargement en bois pour ses camions de livraison et, après 15 h, à la fin des livraisons, le quai se transformait en une excellente piste. Les filles l'utilisaient depuis des années (après tout, le quai était de propriété Publix!).

— Ces robes sont tellement Bah!

Sarah pirouetta au milieu du stationnement et sa robe foulard bleue, orange et jaune se souleva dans la douce brise. Finalement, elle perdit l'équilibre et percuta une berline de Cadillac de couleur champagne garée dans la place pour personne handicapée.

Un groupe de gars de l'école secondaire l'acclamèrent alors qu'ils firent crisser les pneus de leur Mustang noire de laquelle retentissait la chanson *Sugar, We're Going Down* de Fall Out Boy.

SACS éclatèrent de rire. L'air chaud et humide enveloppa leur rire comme un grand câlin. Et malgré la chaleur suffocante, la chair de poule couvrit les bras de Claire.

— J'aime ma robe aussi. En fait, je l'aime tellement que je ne peux pas décider quelle partie je préfère — les paillettes, la couleur Cookie Crisp* ou le fait qu'elle attire le regard vers mes épaules et loin de mes bras. Je l'aime, je l'aime, je l'aime, je l'aime, je l'aime!

Sari ouvrit ses lèvres minces et enfonça sa langue dans la boule de crème glacée verte.

* N. d. T.: Céréales offertes aux États-Unis.

— Sar, tu as vu les trois gars devant nous dans la file qui portaient les chandails de base-ball Clinique chiropratique Dr Sveningson ?

— Tu veux dire, ceux qui te regardaient ?

— Ouais ! cria-t-elle en agrippant le bras de Sarah.

Claire tenta de ne pas détester Sari pour avoir échangé leurs robes, mais chaque fois que le vent poussait la robe poreuse aux couleurs de bonbons contre sa peau irritée, la mission deve-nait plus difficile. Et lorsqu'elle surprit un bref instant le reflet de son tourbillon de Pepto et de lime dans la porte de la livraison du Publix, sa mission devint insupportable.

— Et si quelqu'un peut porter un motif aussi fou, c'est bien Lyons.

Amandy donna une tape dans le dos de Claire comme si elle était une bonne soldate.

— Merci, gémit Claire, en sachant très bien qu'elle se lamentait.

Elles atteignirent finalement la plateforme du côté de la zone de chargement qui sentait le poisson, la viande crue et le carton. Malgré tout, le mélange rance réconforta Claire. Elle asso-ciait l'odeur à des défilés de mode imaginaires, à des interprétations pleines de fausses notes sur Broadway et à de faux concours Mademoiselle baiser. C'était difficile de croire qu'elles étaient là pour s'exercer en vue du vrai évènement. Et encore plus difficile de croire qu'après des années passées à déchirer des pages de magazines contenant des robes de rêves pour le concours, Claire portait *ça*!

Elle jeta un regard furtif vers le toit et vit le haut des cheveux roux de son frère. *Youpi! Il était là!* Todd, tel un tireur d'élite, était accroupi, dans l'attente du moment idéal. Claire soupira de soulagement, aucunement inquiète de la douleur qu'elle pourrait ressentir au moment de l'impact. Même si le ballon laissait derrière une marque, la blessure guérirait — contrairement à la cicatrice émotionnelle qu'elle subirait si elle se voyait obligée de se tenir devant le jury portant un vêtement à la texture d'une toile d'emballage et à l'apparence d'un dessin de bambin à coller sur le réfrigérateur.

— Allons-y! déclara Amandy en se hissant sur le quai de bois élevé.

Claire et les autres l'imitèrent. Une fois sur le quai, elles se tinrent droites et fières, comme si elles avaient finalement gagné le droit d'être là.

— OK, dit Amandy en essuyant ses mains sur sa bavette. On va s'exercer pour trois démarches.

Elle souleva son pouce.

— La première : avancer en douceur vers la table des juges pour s'inscrire.

Elle souleva son index.

— La deuxième : sortir en douceur de la pièce pour se rendre à la salle d'attente.

Elle souleva son majeur.

— Et la troisième : retourner en douceur vers eux pour passer l'entrevue individuelle.

Sarah et Sari firent la file derrière Amandy. Claire se traîna les pieds vers l'arrière. Elle leva les yeux vers le toit avec désinvolture pour voir si...

— Ahhhhh ! hurla Sari pendant qu'un filet de liquide brun coulait sur le côté de sa robe. J'ai été atteinte !

Elle frotta le cercle d'un rouge éclatant sur son bras, là où le ballon l'avait frappée, et ses yeux se remplirent de larmes de panique. Elle dirigea son regard vers le bas, comme si elle s'attendait à y voir du sang, mais y trouva quelque chose de pire.

— Ma robe !

Une tache de la couleur des égouts apparaissait maintenant sur l'ivoire.

— Qu'est-ce que *c'était* ? cria Amandy.

Clac !

— Ouf !

Amandy tituba lorsqu'elle reçut un projectile dans le dos.

— Ils m'ont eue !

Clac !

Un ballon jaune explosa aux pieds de Sarah.

— Ces méduses sont géniales, jubila-t-elle. Elles sont totalement à l'épreuve de l'eau.

Malheureusement, la robe de Claire était toujours intacte.

— Todd! lâcha-t-elle en gesticulant en direction du toit.

— Mais arrête de bouger autant! lui cria Todd.

Sa voix légèrement râpeuse remplit l'espace entre les camions lourds vert et blanc et les poubelles en métal rouillé.

SAS se retournèrent pour jeter un regard noir à Claire.

Oups.

— Tu *savais* que ça allait arriver? siffla Sarah juste avant d'être atteinte d'un projectile sur la tête.

Ses boucles blondes dégoulinèrent sur sa robe foulard et le liquide stria sa robe de satin.

— NON!

— Désolé, dit Todd.

— Ce n'est pas ce que vous croyez! insista Claire en tentant d'essuyer le visage de Sarah à l'aide du papier collant qui avait entouré son cornet. Je ne voulais pas...

— Mais oui, tu le voulais, siffla Amandy. C'est totalement un mauvais coup à la *Massie*.

Claire haleta et son expression de choc la tra-hit. *Comment le savait-elle ?*

— Tu nous as raconté l'histoire par courriel, tu ne te souviens pas ? répondit Sari en reniflant pour chasser les larmes. Tu pensais que c'était *teeellement* drôle que Massie ait renversé son café au lait sur la robe du dimanche de Kristen parce qu'elle la trouvait trop hideuse pour la danse, même si elle était probablement correcte, mais parce que c'est *Westchester*, elle n'était pas assez bien ou assez chic ou assez chère ou assez *hot* couture !

— Tu veux dire *haute couture* ? lâcha Claire puis se détesta de l'avoir dit.

— Je *savais* que tu avais changé.

Amandy bondit de la plateforme. Elle protégea ses yeux du soleil avec sa main et se renfrogna.

— Tu es devenue totalement Bah !

Claire fronça les sourcils en signe de confu-sion. *Beauté ahurissante ? Bêtement aspirante ?*

— Brutalement *arrogante* !

Sarah et Sari sautèrent de la plateforme et suivirent Amandy dans le stationnement en frot-tant leurs blessures et en nettoyant leurs taches à l'aide de leur salive. Claire se tint seule sur la plateforme, avec une robe immaculée et l'impres-sion d'être Bah : Bonne *à rien*.

HÔTEL DE VILLE

KISSIMMEE, FLORIDE
Le samedi 8 août
8 h 01

Claire arriva à l'Hôtel de Ville une minute après le lancement officiel et, déjà, une file de couleurs pastel à l'odeur de fruits et aux lèvres lustrées serpentait de la porte jusqu'au bas de l'escalier en béton.

SAS étaient invisibles.

Et si elles s'étaient défilées parce qu'elles n'avaient rien à porter? Claire pressa cette pensée tragique dans sa conscience torturée et pria très fort que ce ne fût pas le cas. Mais il n'y avait aucune façon pour elle de le savoir. Elles avaient ignoré ses messages textes «je fais des heures supplémentaires afin de pouvoir payer votre nettoyage à sec et je suis plus que désolée» durant quatre jours d'affilée — un peu comme Claire aurait ignoré les messages de Todd *s'il* avait essayé de s'excuser d'avoir complètement raté le sabotage de sa robe. Mais la vidéo qu'il avait prise de l'embuscade de SAS figurait parmi les favorites sur YouTube. Elle avait été vue plus de 59 000 fois et avait obtenu 4,5 étoiles, alors il n'avait aucun regret.

Malgré le ciel couvert, l'épaisse chaleur pesa sur Claire telle une couverture en chenille trempée. *Ou était-ce la culpabilité ?* Une couche de sueur commença à se former sous sa frange lissée au fer plat, et sa robe de Dress Barn aurait tout aussi bien pu être faite en papier de verre. Malgré tout, Claire était contente de l'avoir enfilée. Peut-être que ça démontrerait à SAS qu'elles avaient tort à son sujet. Qu'elle n'était pas devenue Bah (brutalement arrogante), mais qu'elle était toujours complètement une fille de Kissimmee.

Devant elle, une femme forte de poitrine portant un t-shirt jaune serré sur lequel il était écrit MADEMOISELLE BAISER 1985 lissait de la paume les cheveux séparés sur le côté de sa fille. La petite brunette retint son souffle et ferma fort ses yeux bleus jusqu'à ce que la séance de toilettage primaire se termine. Lorsque ce fut le cas, la mère se pencha vers l'oreille sertie d'une perle de sa fille pour y murmurer des paroles sages. Ses lèvres minces semblaient engloutir les boucles de sa fille tel un poisson rouge affamé pendant que ses grands yeux bruns évaluaient la concurrence.

Derrière Claire, un groupe de filles légèrement plus âgées se vaporisaient une trop grande quantité d'échantillons de parfums qu'elles avaient probablement pris à la Boutique beauté pendant que d'autres chantaient des chansons de *High School Musical* afin de se calmer les nerfs.

Au beau milieu de cette excitation fiévreuse, Claire avait l'impression que son cœur sombrait dans le golfe du Mexique. Elle avait attendu toute sa vie pour faire cette file avec ses amies pour qu'elles puissent s'appuyer mutuellement. Se rassurer mutuellement. Se tenir la main et rigoler au nez de la concurrence. Et, encore plus important, rêver de remporter la couronne Mademoiselle baiser et faire la tournée de l'État durant une année prestigieuse passée à ouvrir des centres commerciaux, à assister à des salons de l'auto et à des défilés, à essayer de vêtements, à recevoir des leçons d'étiquette et à suivre les trucs de conseillers imagistes.

Pourtant, elle y était maintenant et elle se sentait laide. Déprimée. Et seule.

En traînant ses pas dans la file avec l'enthousiasme d'une personne embarquant à bord d'un vol en surréservation en direction de la Sibérie, Claire se glissa finalement à l'intérieur. L'odeur usuelle de l'immeuble municipal, du style rencontre du bois humide et d'un vieux tapis, avait été temporairement masquée par celle des produits pour les cheveux, du brillant à lèvres parfumé et des huiles corporelles. Les photos des anciens maires et présidents avaient été retirées des murs pour être remplacées par des photos en buste placées dans des cadres brillants des gagnantes du concours reculant jusqu'à 1990 — une injustice qui amena les larmes aux yeux de Mademoiselle baiser 1985 dès qu'elle la remarqua. Des chansons comprenant le mot *bise*, *baiser* ou *kiss* retentissaient du système de sonorisation, et des contrôleuses de file énergiques, vêtues d'une salopette blanche couverte de marques de lèvres rouges, tapaient des mains et encourageaient tout le monde à chanter en chœur. Pour l'instant, une vieille chanson appelée *Your Kiss Is on My List* jouait. Les mamans chantaient pendant que leurs filles se rongeaient les ongles et roulaient des yeux sous l'embarras.

Un chèque de la taille d'un alligator à l'ordre de Mademoiselle baiser pendait d'un fil de pêche immédiatement derrière la table des juges. Les mots MILLE DOLLARS inscrits en rouge éclatant rappelaient à Claire pourquoi elle avait passé ses 18 dernières heures à exercer sa démarche seule devant ses vieilles petites peluches des *Supers Nanas*.

C'est à ce moment qu'un éclat de rire familier résonna de l'avant de la file. C'était un mélange chaleureux du gloussement d'Amandy, du ricanement pincé de Sari et du rire reniflant de Sarah.

Sans se soucier des douzaines de personnes devant elle, Claire se faufila aux côtés des contrôleuses écervelées en agitant la main comme pour dire : « C'est correct. Je sais ce que je fais » — un geste que les autres concurrentes ne déchiffraient pas.

— Hé ! Pour qui tu te prends ? cria une fille vêtue d'une robe de taffetas vert menthe.

— Euh, il y a une file, tu sais ! lança d'un ton brusque une mère qui allaitait dont la main libre était posée sur l'épaulette de sa fille.

— Hé ! Elle ne jouait pas dans *Tapez L pour Looser* ?

Après cette dernière remarque, personne ne prononça une autre parole colérique. Les filles en file crachèrent plutôt leur gomme, se raidirent et sourirent à son passage. Claire aurait pu répondre à leurs sourires si elle n'était pas terrifiée à l'idée d'entrer en contact avec SAS.

Quand Amandy aperçut Claire approcher, elle tourna le dos et commença à jouer avec une mèche de cheveux foncés qui s'était échappée de sa coiffure relevée. Sarah et Sari se retournèrent à leur tour. Étonnamment, elles portaient toutes leurs robes de Dress Barn. Et encore plus étonnant, elles semblaient être neuves.

— Salut, dit Claire, mais sa voix enrayée par le stress produit plutôt un « ut ». Vous êtes vraiment jolies, poursuivit-elle en le pensant réellement.

Les frisettes farouches de Sarah avaient été lissées dans un chignon de ballerine et Sarah avait épinglé un cœur de velours rouge géant sur le côté des ses longues boucles blondes. Chaque fille portait une ombre à paupière d'une teinte rosée légèrement différente de celles des autres et un brillant à lèvres de sa couleur attitrée. Les effets d'un autobronzant étaient en évidence sur leur peau rayonnante uniforme, à l'exception de celle de Sari. L'autobronzant s'était arrêté de façon abrupte à la mâchoire.

— Je vous ai appelées, les filles.

Claire tenta d'avoir l'air préoccupée et non seule et désespérée.

— Toi et toutes les autres nullités au monde qui nous ont vues sur YouTube, siffla Amandy en tournant toujours le dos à Claire.

L'image de Todd se faisant matraquer par un ordinateur portatif se manifesta à l'esprit de Claire.

— Je n'avais *rien* à voir là-dedans ! insista-t-elle. Je suis prête à le jurer avec un serrement des petits doigts !

Claire tendit son petit doigt, mais SAS le regardèrent comme s'il avait servi à excaver sa narine gauche.

Sari fit la moue.

— On ne jure *pas* de cette façon ici.

Claire retira son petit doigt, mais elle refusa d'abandonner.

— J'ai fait des heures supplémentaires pour être certaine d'avoir assez d'argent pour payer le nettoyage à sec de vos robes.

Elle ouvrit sa pochette blanche Isaac Mizrahi for Target et en sortit trois billets de 10 $.

— On a obtenu de nouvelles robes, répondit Sarah avec impassibilité. La directrice de Dress Barn a vu la vidéo sur YouTube et elle était désolée pour nous. Elle nous a donné les robes gratuitement pourvu qu'on nomme le magasin si on gagne le concours.

— Ou si on décide de mettre en ligne une autre vidéo sur YouTube, ajouta Sari en roulant des yeux comme pour dire : « ceci n'arrivera jamais ».

— C'est génial, dit Claire en souriant un peu plus que nécessaire. Vous devriez prendre l'argent de toute façon et...

— Claire Lyons ? Qu'est-ce que *tu* fais ici ? demanda une femme trapue et joviale sur un ton habituellement réservé aux bambins.

Ses cheveux noirs avait été séchés pour retomber parfaitement sur ses épaules; les pointes retournées vers son menton rond. Elle tenait une copie du DVD *Tapez L pour Looser* et elle consultait la photo de Claire pour s'assurer que c'était bien elle.

— Ouais, sourit Amandy. N'es-tu pas censée être à l'arrière?

Sarah et Sari rigolèrent dans leurs mains couvertes de bagues dignes d'un déguisement.

— Non, ma chère.

La dame entoura le bras mince de Claire de ses doigts potelés.

— Tu n'as pas le droit de t'inscrire du tout.

SAS firent un grand sourire et des éclats de brillants bleus, roses et orange se reflétèrent de leurs visages suffisants.

Les joues de Claire brûlèrent. Elle pouvait sentir le regard de tous tourné vers elle. Est-ce que toute la ville savait ce que Todd et elle avaient fait? Était-elle disqualifiée avant même de pouvoir s'inscrire? Dr Phil l'attendait-il à l'extérieur?

— Mon nom est Lorna Crowley Brown. Je suis la coordonnatrice du concours. Et nous aimerions que tu sois la célébrité locale de notre jury.

Elle sourit et Claire remarqua une tache de rouge à lèvres pêche sur sa dent avant.

— Nous avons envoyé une demande officielle à ton domaine de Westchester. Nous avons présumé que tu avais d'autres obligations lorsque nous n'avons pas reçu de réponse. Nous avons appelé des jumelles de Clearwater à l'avenir prometteur, mais nous préférions t'avoir, *toi*.

— Pourquoi? siffla Amandy. Son film a été un échec.

Claire haleta. *Cette bataille devenait de plus en plus sale.*

— Et il a été retiré des salles après deux semaines, ajouta Sari.

— Et il a reçu le surnom de *Tapez P pour plate*, ricana Sarah.

Quelques filles en file rigolèrent.

— Tu inventes ça!

Claire frappa le sol du pied.

— Bien, c'est le film le plus loué au Blockbuster de l'avenue Golden depuis cinq semaines d'affilée, nota Lorna.

Quelques-unes des concurrentes applaudirent pour démontrer leur soutien. Claire les remercia en souriant.

— Et *nous*, alors? lança Amandy pour faire taire la foule. Notre vidéo sur YouTube est beaucoup plus populaire!

— Je t'en prie : accepte notre offre.

Ignorant Amandy, Lorna joignit ses mains en signe de prière.

— Nous serions *tellement* honorés.

Claire fit face à l'éclatant chèque géant et mordit sa lèvre inférieure. Celle-ci avait le goût de la confusion et de son brillant à lèvres préféré à la tarte à la lime.

— Et nous offrons des appointements, dit Lorna en remuant ses sourcils de façon encourageante.

— Des quoi? marmonna Claire, au cas où les autres sauraient ce que ça signifiait.

— Un paiement, marmonna Lorna à son tour.

Elle se pencha vers Claire et baissa la voix :

— Cinq cents dollars.

SAS haletèrent.

— Vraiment?

Les dents de Claire claquèrent d'excitation. Ce montant ne lui permettrait peut-être pas d'acheter une garde-robe pour Westchester, mais 500 $ suffiraient pour se procurer un jeans et *quelque chose* provenant du septième étage de Barneys.

Claire se retourna pour voir les centaines de sourires éclatants qui l'encourageaient à accepter cet honneur... dont trois qui appartenaient soudainement à SAS.

Vue de la bordure du trottoir, la maison des Lyons semblait paisible, comme si elle profitait des brefs instants qu'elle avait pour elle seule. Todd soufflait dans des piscines gonflables pour la fête des enfants des voisins. Judi et Jay étaient sortis faire une « course rapide », ce qui était un code secret pour dire : « Nous sommes chez Dan la cuillère pour choisir un gâteau glacé au beurre d'arachide pour célébrer la grande nouvelle ». Une tradition familiale adorable, mais un peu dépassée.

Claire faisait du vélo dans le voisinage dans l'espoir de brûler la tristesse comme s'il s'agissait des calories ingérées avec une grosse pointe de tarte à la crème et qu'elle était Massie. Mais *Lucky*, le vieux succès de Britney Spears, jouait en boucle dans sa tête depuis que Lorna lui avait demandé d'être juge. Et faisait en sorte qu'elle se sentait encore plus mal.

She's so lucky. She's a star. But she cry cry cries in her lonely heart...

La chanson parlait d'une actrice populaire qui avait tout ce qu'une fille pouvait désirer, sauf une franche camaraderie.

D'accord, Claire était à des oscars de la situation de l'actrice «Lucky», mais elle pouvait comprendre le sentiment d'isolement de l'étoile. Être nommée juge au concours Mademoiselle baiser était l'un des plus grands honneurs de sa vie, mais elle n'avait aucune amie avec qui le célébrer. Elle ne pouvait même pas s'en vanter auprès du Comité beauté. Pour elles, les concours locaux étaient à peu près aussi prestigieux que le parc de jeux chez McDonald's. Malheureusement, elle s'en était souvenue après avoir accepté une interview aux nouvelles locales et à quatre stations de radio, dont une sur les ondes FM. Elle pouvait toujours espérer que la soucoupe des Block soit en panne.

Claire avança dans l'entrée de goudron noir lisse et bondit sur le côté de son vélo rose et noir. Malgré l'application plus tôt de trois couches de son déodorant Secret au chai à la vanille, sa robe commençait à sentir le plastique fondu.

Le temps d'un millionième de seconde, elle songea à appeler Cam pour lui annoncer la nouvelle. Mais après s'être souvenue de la futilité de ce geste, elle opta pour Layne. Elle pourrait lui envoyer un lien vers le site du concours par courriel accompagné d'un message qui dirait...

— SURPRISE !

SAS bondit de derrière le rosier jaune en fleurs près de la porte avant.

— Ahhhhhh !

Claire plaqua sa main contre son cœur qui tambourinait aussi fort qu'une personne enfermée dans un hangar à viande cognerait contre la porte.

— Qu'est-ce que vous faites ici ?

Ses sourcils remuèrent, passant d'une émotion à l'autre comme une machine à sous sélectionnant un lot. S'arrêteraient-ils à la surprise ? Au choc ? Au mépris ? Enfin, après avoir aperçu ses amies souriantes avec des feuilles errantes sur les épaules et des brindilles épineuses dans les cheveux (Sarah !), l'expression de Claire s'arrêta sur le pur ravissement.

— Oh mon doux ! On t'a entendue à Kiss FM. C'était tellement incroyable et bizarre et génial d'entendre ta voix à la radio, ce qui m'a fait penser au fonctionnement de tout ça, je veux dire, je sais qu'il y a des ondes et des satellites, mais qu'est-ce que ça veut vraiment dire ?

Sari plongea la main dans la poche carrée de son short d'entraînement rose coupé à la main et y pinça quelques graines de tournesol en écailles à la saveur barbecue.

— T'en veux ?

— Bien sûr.

Claire sourit devant le vomissement de mots très représentatif de Sari et ouvrit la paume. Quatre graines de tournesol en écailles et une poudre d'assaisonnement rougeâtre atterrirent doucement dans sa main, exactement comme une offrande de paix le devrait. Elle les fourra dans sa bouche.

— Miam.

— Tiens.

Sarah lui tendit sa cannette à moitié vide de Dr Thunder — une imitation du Dr Pepper qui goûtait presque la même chose.

Le rebord de la cannette brillait en raison d'une couche de brillant à lèvres à la menthe, mais Claire fit semblant de ne pas s'en faire.

— Jujube ?

Amandy poussa un sac de papier blanc froissé sous le menton de Claire.

— Des B ? demanda Claire en jetant un regard à l'intérieur.

— Ce sont des lèvres, clarifia Amandy. Des jujubes en édition spéciale pour le concours. Toutes les filles qui se sont qualifiées ont reçu un sac.

Claire en prit trois.

— Nous avons déjà vidé nos sacs et — oh mon doux — les jujubes étaient *si* bons.

Sari lécha ses lèvres minces.

— Attendez un instant. Vous êtes qualifiées ? s'écria Claire avec un enthousiasme sincère. Vous avez réussi ?

— Ouaip !

Sarah fit claquer ses doigts dans un roulement d'épaule inversé convulsif.

— Nous trois !

— Pendant que tu donnais ton interview à la radio de Disney, tes meilleures amies ont été retenues !

Alors, SACS étaient à nouveau meilleures amies ?

Il était évident fois dix que SAS lui léchaient les bottes parce qu'elle était juge. Mais ça n'avait pas d'importance. Elle pensait les avoir perdues pour toujours. C'était sa chance de réintégrer le groupe.

— Écoutez, les filles, dit Claire en insérant sa clé dans la serrure.

Sa chaîne porte-clés Coach (merci, Massie !) cogna contre la porte.

— Je suis vraiment désolée. Je promets de ne plus jamais agir comme une Bah...

— Domaine des Lyons? demanda le livreur UPS crépu en gloussant.

SACS se retournèrent pour le voir faire rouler une autre boîte garde-robe géante dans la cour.

Claire sentit tout son corps rougir.

— On dirait bien, commença-t-il avant de consulter sa planche à pince, que Maysee Flock emménage.

Six yeux grillèrent la joue gauche de Claire.

— C'est Mah-ssiiiie Block. Et elle n'emménage *pas*, corrigea-t-elle par égard pour SAS.

Et pour elle.

Puis, elle griffonna sa signature près du X, comme elle l'avait fait plus tôt quand elle avait reçu la lettre de bienvenue officielle au concours Mademoiselle baiser de la part des trois juges. Son écriture grasse et tourbillonnante avait eu un drôle d'air entre les points précis de la signature de Vonda Tillman (éditrice du journal quotidien de Kissimmee) et les lignes sinueuses de la signature du maire Reggie Hammond.

— Est-ce que vous pourriez la porter à l'étage? Dans la chambre dont la porte est couverte d'autocollants Hello Kitty.

— C'est le jour de congé du majordome? plaisanta-t-il.

Claire sourit d'un air innocent à ses amies, comme si elle ne l'avait pas entendu.

— C'est *quoi* cette histoire? demanda Sari en levant son menton pointu vers l'homme mince vêtu d'un short brun qui livrait bataille à une boîte qui le dépassait d'une tête.

— Euh, c'est une surprise.

Claire se balançait sur les talons de ses sandales dorées Michael Kors — un cadeau provenant de la garde-robe de Massie. Puis, elle secoua la tête. Serait-elle un jour capable de chasser la meneuse de son esprit? Ou toutes ses pensées devaient-elles orientées vers elle? C'était un peu comme la chanson qu'elle avait chantée à la maternelle à propos d'un chat qui revenait constamment même si tout le monde pensait qu'il était parti pour toujours.

Mais comment pouvait-elle se concentrer sur quoi que ce soit d'autre quand des boîtes remplies de vêtements de grands couturiers étaient envoyées chaque jour à sa porte? Était-ce pour Massie un moyen de dire à Claire à quel point elle s'ennuyait d'elle? Ou un moyen de l'avertir qu'elle ne tolèrerait pas de moments Bah en huitième année?

Plus que tout au monde, Claire souhaitait avoir 10 minutes à elle pour envoyer un message texte à la meneuse et obtenir des réponses.

Mais ce moment devrait attendre. Pour l'instant, elle avait une chambre remplie de vêtements de grands couturiers et ses trois plus vieilles amies sur place.

Et les vêtements et ses amies nécessitaient tous deux une sérieuse attention.

— À trois, tout le monde la pousse vers le lit.

Claire appuya ses paumes contre la boîte garde-robe, juste à côté des lettres pourpres qui épelaient : À MANIPULER AVEC SOIN OU VOUS SEREZ POURSUIVIS.

— Prêtes ? Un... deux... troiiiiiis.

SAS ajoutèrent leurs mains sur la boîte et les filles poussèrent en grognant la boîte de 1 m 80 d'un bout à l'autre de la moquette blanche à poil long. Leur lutte rappela à Claire celle que son père avait menée l'hiver dernier pendant presque une heure à tenter de déloger leur Ford Taurus d'un banc de neige dans le stationnement du Paradis du bagel. Todd et elle s'étaient tenus à l'extérieur, dans le froid, en frottant leurs mains et en l'encourageant. Leurs paroles avaient provoqué des nuages gris, comme s'ils étaient des dragons cracheurs de feu.

Ce souvenir soudain étonna Claire. À présent qu'elle était bronzée, pieds nus et emmitouflée dans l'humidité, des images glaciales comme celle-là auraient dû être entreposées jusqu'à l'automne. Mais, encore une fois, l'odeur du parfum Chanel N° 19 s'échappait de la caisse de carton ondulé et, telle une corde invisible, la tirait vers la côte. Cela rappelait à Claire que partir était bien différent de s'échapper.

Elle secoua la tête et se concentra sur la tâche en cours. Quand la boîte fut à la bonne place, les filles bondirent sur le couvre-lit couleur gazon de Claire et s'attaquèrent aux joints de la boîte.

— Utilise tes ongles! lança Sari à Sarah alors qu'elle martelait les couches épaisses de ruban d'emballage transparent.

— Pas question! Je viens de les vernir.

Sarah remua le bout de ses doigts opalescents. Ils étaient rose ou blanc perlé selon l'angle de ses doigts.

— J'ai une idée.

Claire arracha une punaise de sa tête de lit couverte de marguerites. La photo placée à l'envers de Cam tomba sur le plancher dans un mouvement de va-et-vient. Elle marcha dessus en rejoignant SAS.

Maintenant, tu sais comment je me sens.

À l'aide de la punaise, elle donna des coups au ruban jusqu'à ce qu'il se déchire en petits rubans. SAS déchirèrent avidement la boîte de vêtements.

— Oh mon doux!

— Ces vêtements sont incroyables!

— Regarde ce truc bleu!

Claire sourit pendant que ses amies plongeaient dans les piles de soie et de coton aussi doux que la margarine, en tentant de se convaincre que l'invasion ne la dérangeait pas du tout. Mais une petite parcelle d'elle aurait préféré être seule à l'arrivée de la boîte. Pas parce qu'elle ne voulait pas partager, mais parce que ça aurait été plaisant de pouvoir saisir les vêtements les plus dispendieux en premier. Pour les protéger, bien entendu.

— Pourquoi a-t-elle fait ça? demanda Amandy, ses poings étouffant pratiquement Chloé, Marc et Calvin.

— As-tu payé ces vêtements? Parce que si c'est le cas, je parie que ça va coûter cher. Et pas comme ça va te coûter quelques semaines d'argent de poche. Plus comme tu vas devoir lâcher l'école et travailler à temps plein pour ton frère, dit Sari, le haut de son corps plongé dans la boîte comme un rat à l'intérieur d'un boa.

— Est-ce que tu peux les garder?

Sarah se balança de l'avant à l'arrière avec un jean bleu électrique. Elle cogna accidentellement sa hanche contre le coin du bureau de Claire.

— Ouille!

Normalement, tout le monde aurait éclaté de rire, y compris Sarah. Mais les vêtements étaient jetés partout dans la pièce comme des confettis. Elles n'avaient de temps pour aucune distraction.

Claire regarda la tempête de soie et se demanda comment répondre à leurs questions. La vérité était qu'elle voulait des réponses encore plus qu'elles. Tout ce dont elle était absolument certaine était que, depuis l'arrivée de la boîte il y avait environ dix minutes, SAS n'avaient pas mentionné une seule fois les bombes au thé glacé, Westchester ou le Comité beauté. Ces vêtements réunissaient les amies et les familles d'une manière qu'aurait enviée le père Noël.

— Massie a envoyé les vêtements pour nous *toutes*, mentit Claire. Vous savez, pour Mademoiselle baiser. Elle trouve que c'est génial que vous ayez été acceptées et elle voulait vous féliciter.

— Ça bat les fleurs, dit Sarah en ramassant des vêtements tombés sur le sol.

— C'est vraiment gentil.

Sari sortit sa tête de la boîte. Ses épaules étaient drapées de robes.

— Je savais qu'elle devait être cool, puisqu'elle est ton amie.

Amandy tenta de placer un béret jaune en angle sur ses cheveux bruns humides, mais il n'arrêtait pas de glisser.

— Claire l'ourson, tu devrais totalement prendre des photos de nous dans les vêtements pour qu'on les lui envoie par courriel.

— Super bonne idée ! Encore meilleure que la fois où on avait couvert de perles tous nos pantalons, chaussures, sacs à main et ceintures et, en fait, pas mal tout ce qu'on avait.

Sari se fraya un chemin dans la boîte comme un raton-laveur fouillant dans une poubelle afin d'atteindre les articles au fond. Amandy et elle bondirent du lit pour les recueillir dans leur chute.

— On pourrait se maquiller et se coiffer pour les photos et...

— On pourrait prendre les photos chez Publix afin qu'elles donnent l'impression qu'on est au concours pour vrai ! dit Amandy en rampant dans la boîte. Elle va adorer !

Le cœur de Claire commença à cogner fort alors qu'elle imaginait Massie recevant une série de photos en format JPEG mettant en vedette SAS paradant sur un quai de chargement et portant les vêtements qu'elle avait envoyés à l'intention de Claire seulement.

— Je dois aller faire pipi.

Elle saisit avec désinvolture son téléphone cellulaire du lit et se rua hors de la pièce.

Une fois à l'intérieur de la salle de bain marine à l'allure nautique, Claire sélectionna le numéro de Massie dans la composition rapide. Elle savait que ses questions étaient beaucoup trop complexes pour un message texte. Mais son appel aboutit directement dans la boîte vocale. Elle essaya encore. Et encore. Et...

Soudain, la chanson *Pocketful of Sunshine* de Natasha Bedingfield retentit de sa chambre. Il faudrait que l'appel attende.

Claire surgit dans la chambre. Puis, elle retint son souffle.

Amandy, Sarah et Sari avaient empilé des couches et des couches de vêtements sur elles. Et elles étaient en train de les retirer et de les balancer un peu partout dans la pièce. Des débardeurs en cachemire d'une valeur de 300 $ étaient accrochés aux coins des cadres, des robes en tricot délicates se faisaient griller sur les abat-jours et une belle robe à bretelles était tombée dans la poubelle grillagée de Claire. Le premier instinct de Claire fut de mettre fin à la fête et de renvoyer tout le monde à la maison. Mais l'effeuillage ridicule *était* plutôt drôle. Et elle n'aurait plus jamais l'occasion de lancer un débardeur qui coûtait plus cher qu'un billet d'avion à l'autre bout de sa chambre. Claire agrippa donc une pile de jeans dans la boîte et commença à les enfiler sous sa robe.

Après avoir revêtu un troisième jeans — William Rast, teinte foncée —, Claire commença à se déplacer comme l'homme de fer blanc.

— Hé, les filles! Regardez ça!

Mais, alors qu'elle s'avançait pour saisir un foulard doré suspendu à son fauteuil de bureau, elle perdit l'équilibre et emboutit Amandy.

— Ahhhhh!

Les deux filles tombèrent sur le sol dans une attaque hystérique.

— Attention, en bas!

Sarah et Sari commencèrent à empiler un tas de vêtements par-dessus les filles comme si elles attisaient un feu de joie.

— Tombée au combat! Je suis coincée!

Le ventre de Claire lui faisait mal alors qu'elle était couchée sous Amandy et riait hystériquement, son visage écrasé entre la moquette blanche à poil long et un débardeur Pucci. Après plusieurs minutes passées à gigoter pour se libérer, Claire parvint à s'extraire de la caverne de haute couture parfumée au Chanel.

Lorsqu'elle sortit sa tête, Sarah et Sari cessèrent de rigoler, et *Pocketful of Sunshine* s'arrêta abruptement au beau milieu du troisième couplet. À l'image des grenouilles de la crique derrière la maison de Claire qui cessaient de croasser à l'approche d'un plus gros animal, SAS devinrent étrangement silencieuses.

— Que se passe-t-il?

Claire tourna la tête se trouva face à deux chevilles bronzées, sans poils et bien huilées qui étaient pratiquement appuyées contre ses cils blonds. Soudain, la salive de Claire avait la saveur d'une pièce d'un cent.

C'était la méchante sorcière de Westchester. Et sa petite chienne.

Mais d'après la rage intense dans les yeux ambre de Massie, cette visite n'avait rien à voir avec une paire de souliers de rubis volés.

LA CHAMBRE DE CLAIRE

KISSIMMEE, FLORIDE
Le samedi 8 août
16 h 18

À l'exception de ses narines gonflées et de son regard chargé de haine, Massie avait une allure incroyable. Vêtue d'un short en lamé argenté, d'une mince ceinture en cuir de crocodile rouge et d'une blouse-débardeur en soie ivoire, elle ressemblait à un mannequin découpé dans un magazine qui se serait animé. Ses couleurs étaient plus riches, ses textures, plus prononcées.

Toute sa présence manquait de naturel. Massie, tenant Bean contre une toile de fond couverte d'autocollants *Hello Kitty* délavés et meublée d'articles fifilles ? On aurait dit qu'elle se tenait devant un écran vert conçu pour les effets spéciaux : ses rebords étaient plus définis que son arrière-plan sentimental.

— Oh mon doux, elle est là !

Sarah lui envoya la main à toute vitesse avant de parcourir la moquette blanche à poil long à la course en direction de Massie.

— Quelle surprise incroyable !

Bean jappa deux fois et Massie la déposa sur le sol. Elle fila sous le lit pour éviter d'être piétinée.

Claire se força à se lever, mais ne put bouger davantage.

— Tu es exactement comme dans tes photos, sauf que tu es plus grande, évidemment, et en trois dimensions et totalement gentille et généreuse, cria Sari en s'approchant d'elle de la gauche. C'est vraiment génial de te rencontrer. Mon doux.

Sari se tourna vers Amandy.

— Tu ne trouves pas qu'elle est pareille comme sur ses photos ?

— Mieux ! J'adore tes mèches blondes. Et la mèche pourpre derrière ton oreille est radicale.

Amandy serra et souleva la meneuse dans ses bras.

Les bras de Massie demeurèrent collés avec raideur sur ses flans. Son expression était froide et rigide.

— Je *savais* que c'était une mode de Westchester ! déclara Sari alors que les filles guidaient Massie sur la moquette. Personne ne se donne d'étreintes là-bas, n'est-ce pas ?

Sans dire un mot, Massie extirpa un tube de brillant à lèvres Glossip Girl «Mon doux mangue» de la poche de son short et en appliqua une couche sur ses lèvres comme si c'était une question de vie ou de mort. Ses yeux ambre examinèrent la chambre de droite à gauche, en suivant la motion du tube sur ses lèvres, pour évaluer les dommages.

Pourquoi ne parles-tu pas? À quoi penses-tu? Es-tu fâchée? À quel point? Si être fâché méritait la note de dix et ne pas l'être, celle de un, quel chiffre serais-tu? Attends! D'abord, pourquoi es-tu ICI??? Claire voulait poser ces questions plus un milliard d'autres. Mais ses amygdales retenaient les mots comme de gros bras protecteurs, l'implorant de se tenir à l'écart et d'évaluer le danger avant de bondir.

— Tu es sous le choc, hein?

Sarah donna un coup sur le bras de Massie pour la taquiner. Sa peau bronzée devint blanche pour un instant à l'endroit où Sarah l'avait frappée.

— Tu ne pensais pas qu'on aimerait les vêtements Bah que tu nous as envoyés, n'est-ce pas?

Elle ouvrit la fermeture éclair d'un chandail à capuchon en cachemire lavande pour révéler la blouse noire fine qu'elle avait fourrée en dessous.

— Mais on les aiiiime!

Après avoir jeté le chandail à capuchon par terre comme un mouchoir sale, Sarah tourna sur elle-même, perdit l'équilibre et s'effondra sur le lit, froissant par le fait même le devant de la délicate blouse noire.

SAS éclatèrent de rire. Claire mordit l'ongle de son pouce.

— C'était vraiment un super signe de soutien de nous envoyer des vêtements pour Mademoiselle baiser, sourit Sari, sa lèvre inférieure se retroussant sur ses gencives.

SAS hochèrent la tête en accord. Claire agrippa son ventre.

— Je ne peux pas croire qu'on pensait que tu étais *méchante*.

Amandy retira une minijupe True Religion, révélant un short à la garçonne rouge et orange Cosabella appartenant à Massie.

— Je ne sais pas si Claire te l'a dit, commença Sari en glissant son bras autour des épaules d'Amandy, mais *son* nom était *Mandy* avant qu'elle ne le change pour Ah-mandy. Et Mandy, ça ressemble à Massie, ce qui est plutôt drôle parce que vous avez toutes les deux la même meilleure amie et le même goût en matière de vêtements. Je parie qu'elle rechangerait son nom si tu le voulais. Pour que vous vous ressembliez plus. N'est-ce pas?

Amandy hocha la tête avec enthousiasme.

SAS adressèrent un sourire éclatant à Massie.

Lentement, Massie ouvrit ses lèvres bien lustrées. Puis, elle prit une inspiration qui provoqua un râle long et profond qui donnait l'impression qu'elle subissait une crise d'asthme. Involontairement, Claire souleva ses épaules vers ses oreilles. Elle serra les dents et ferma les yeux, se préparant contre la force qui s'érigeait à l'intérieur de Massie. Se préparant à affronter l'œil de la tempête. Espérant que...

— KEUUUUUU-LAAAAAIIIRE! hurla Massie.

Les photos sur sa tête de lit virevoltèrent. Un crayon *Hello Kitty* roula du bureau. SAS s'empilèrent sur le lit et se recouvrirent des coussins faits à l'aide de t-shirts fabriqués par Claire. Bean geignit.

— Alors, euh, commença Claire en éventant son visage brûlant et en tentant de sourire. Qu'est-ce qui t'amène à Orlando? rigola-t-elle nerveusement.

— Il y a un front froid dans les Hamptons, railla Massie.

Soudain, Claire se souvint d'avoir entendu parler d'une croisière de trois semaines que les Block prenaient sur la Méditerranée et se demanda si Massie n'avait aucun autre endroit où aller. Un mini fourmillement de sympathie, de la taille de bébés artémies, se manifesta dans son estomac. Elle ne pouvait pas imaginer ses parents partir durant trois semaines en la laissant derrière. Malgré tout, c'était difficile de se sentir à cent pour cent mal pour une personne qui lui donnait l'impression de ne pas être la bienvenue dans sa propre chambre.

— Alors si tes CSEF pouvaient me rendre ma valise volée et...

— C'est ta *valise*? demanda Amandy en posant la même sur son cœur. Dans le sens des trucs que tu apportes en *vacances*?

Massie lui jeta un regard noir qui semblait dire : « Bien entendu. À quoi tu pensais? »

— Wow.

Sarah tira un collier de bonbons de sa poche arrière et l'étira pour le passer autour de sa tête couverte d'une épaisse couche de cheveux.

— Pour combien de temps resteras-tu?

Trop longtemps! songea Claire.

— Ça veut dire quoi, CSEF? demanda Sari, sa voix légèrement haut perchée par un rythme plein d'espoir. Non, attends, laisse-moi deviner. Des copines super éblouissantes et fines?

Elle se tourna vers Massie.

— Je l'ai presque?

Massie marcha à pas lourds vers le lit, posa les mains sur ses hanches et jeta un regard noir au groupe SAS tremblant.

— Ça veut dire que vous êtes...

— Ça veut dire que vous êtes floridiennes, interrompit Claire. Vous savez, que vous êtes mes amies floridiennes.

Elle s'assit au bout du lit, entre Massie et SAS.

— Mais c'est quoi la partie CSE ?

Sarah tira son collier en bonbons vers sa bouche et le mordit.

Massie roula des yeux.

— Euh, Claire, es-tu un serrurier ?

Elle secoua la tête, souhaitant désespérément pouvoir mettre les cinq prochaines secondes de sa vie en sourdine. Parce que quelqu'un était sur le point d'être insulté — probablement elle — et la dernière chose qu'elle voulait était que ses amies floridiennes apprennent ce qu'était vraiment la vie à Westchester. Pas que ce n'était pas bien — seulement humiliant, occasionnellement. Et pourquoi les inquiéter ?

— Je t'ai demandé : es-tu un serrurier ?

— Non, rit Claire, comme s'il s'agissait d'une blague secrète entre elles.

— Alors pourquoi te tiens-tu avec un trousseau de clés* ?

Claire baissa les yeux de honte. *Massie croyait-elle que ses amies étaient si pires que ça ? Et pourquoi Claire ne se portait-elle pas à leur défense ?*

*N.d.T. Jeu de mots : en anglais, clés se dit *door keys*, qui s'apparente à *dorkys*, un mot qui signifie « ringardes ».

— Des *clés*? demanda Sarah en se grattant la tête. Pourquoi on est des clés?

Elle rigola.

— Je crois qu'elle voulait parler des Keys de la *Floride*, tenta Sari avant de se tourner vers Massie en lui adressant un sourire de compassion. Voulais-tu dire les Keys de la Floride? Parce que Keys veut dire clés? Parce que, techniquement, Orlando est situé dans la partie continentale. Mais les Keys sont cool. C'est super amusant Key West durant les Fêtes.

Massie l'ignora pendant qu'elle réorganisait les photos sur la tête de lit afin que les siennes soient au centre.

Claire, qui se sentait prise au beau milieu de ses amies comme le Malcolm de la série télévisée l'était dans sa famille, avait l'impression qu'un ver en jujube géant s'enroulait autour de son cœur. C'était ça ou une de ses artères qui allait exploser. Tel un superhéros capable de lire les pensées des autres, elle savait ce que tout le monde pensait. Et plus elle en était consciente, plus le ver en jujube serrait son cœur.

Sans aucun doute, Massie se demandait pourquoi Claire était amie avec ces filles simples et simplistes. Des filles qui avaient l'air d'avoir leur âge et qui mettaient de côté leur argent de poche durant des semaines pour pouvoir acheter un seul nouveau vêtement chez A&F. Elle présumait probablement que Claire se tenait avec elles durant l'été parce qu'elle n'avait personne d'autre. Mais à présent qu'*elle* était là, c'était acceptable de traiter SAS comme si elles étaient des mocassins de la saison dernière.

Puis, il y avait SAS. Elles croyaient probablement que l'attitude glaciale de Massie était tout simplement un truc new-yorkais et qu'elle se prendrait de sympathie pour elles lorsqu'elle réaliserait qu'elles avaient officiellement été acceptées au concours Mademoiselle baiser.

— On est peut-être des clés.

Amandy se souleva sur les genoux vers le bord du lit et marmonna en rigolant :

— Peu importe ce que ça veut dire. Mais on est des clés *reconnaissantes*. Nous prêter tes vêtements pour le concours, c'est...

Claire se tint prête pour une autre tempête.

— *Concours*? cracha pratiquement Massie. Ne *dis* jamais ce mot devant mes vêtements. Le mot seul suffirait à rendre le tissu pelucheux.

Les sourires de SAS se transformèrent en froncements de sourcils. Elles avaient finalement compris.

— Mais, dit Sari en faisant la moue et en regardant Claire, je pensais que c'était des cadeaux.

— Le seul *cadeau* que vous allez recevoir est la facture du nettoyage à sec, jappa Massie. Maintenant, enlevez mes vêtements de vos corps qui sentent les fruits avant que je...

— Surprise!

Judi poussa la porte de la chambre du coude. Ses bras tremblaient sous le poids d'un énorme gâteau glacé au beurre d'arachide en forme de lèvres géantes.

— Tout le monde en bas. Nous avons beaucoup de choses à célébrer!

Soudain, Claire songea à l'orchestre du *Titanic*, qui avait commencé à jouer alors que le navire sombrait. Parce que des célébrations, en de telles circonstances, semblaient aussi inutiles.

— Du gâteau, du gâteau, du gâteau ! clama en criant Todd alors qu'il descendait à toute vitesse l'escalier couvert d'une moquette pêche.

Jay Lyons était déjà assis à la tête du box semblable à ceux trouvés dans une cantine, tapant impatiemment sa fourchette en plastique rose contre l'assiette en papier Minnie Mouse — un restant de la fête du huitième anniversaire de Claire. Judi se pencha vers lui et enfonça des chandelles en forme de lettres dans le dessert glacé pour épeler b-i-e-n-v-e-n-u-e sur la lèvre supérieure, à l'intention de Massie, et m-l-l-e b-a-i-s-e-r sur la lèvre inférieure à l'intention des autres filles.

SAS se glissèrent d'un côté de la banquette pendant que Massie et Claire se poussèrent de l'autre côté. Tout le monde fit semblant d'être fasciné par Todd et sa capacité de courir en petits ronds autour de l'îlot tout en criant le mot *gâteau* afin de ne pas avoir à se regarder.

Jusqu'à ce jour, la cuisine avait été la pièce préférée de Claire dans la maison. Le box, composé de coussins en vinyle rouge brillant et d'un revêtement de table en formica assorti, n'était pas un mobilier que la majorité des familles avait la chance d'avoir. Mais Jay l'avait gagné à une soirée casino de l'église pour les œuvres de charité et avait décidé de décorer toute la cuisine selon le thème d'un restaurant des années 1950.

Le plancher était couvert de carreaux noirs et blancs et les électroménagers avaient appartenu aux grands-parents de Claire.

Le malaxeur était turquoise et le batteur-mélangeur était jaune comme un petit gâteau. Des photos de vieilles Cadillac étaient suspendues sur les murs près d'illustrations de femmes au foyer dévouées sortant des rôtis du four. Deux paires de patins à roulettes Reebok — que ses parents avaient portées quand ils s'étaient rencontrés pour la première fois — étaient préservées dans un coffrage en plastique, placé près du garde-manger. La pièce était plus charmante que le film *Juno*.

À présent, Claire ne pouvait pas s'empêcher de la voir sous le regard des yeux ambre de Massie. Et soudain, le thème en entier semblait enfantin.

Comme ses amies.

Claire aurait voulu détester Massie, parce que c'était sa faute si elle se sentait ainsi. Mais elle ne le pouvait pas. Elle ne pouvait blâmer personne d'autre qu'elle-même pour son tsunami d'insécurité. Avant l'arrivée de Massie, elle avait été fière de sa ville natale. Fière de ses gens. Fière de ses concours. *Mon doux!* Pourquoi présumait-elle toujours qu'elle devait *être* comme Massie pour être *aimée* de Massie?

En souriant, Claire jeta un regard vers ses meilleures amies floridiennes et fit une promesse silencieuse : elle ne laisserait pas Massie Block influencer son comportement envers elles. À partir deeeeeeeeeee...

... *maintenant* !

— Vous vous souvenez de la fois où on a essayé d'établir un record mondial en calculant pendant combien de temps on pouvait rester assises sous la table?

Claire rigola à ce souvenir.

SAS sourirent, mais ne levèrent pas les yeux.

— Pendant combien de temps avez-vous résisté? gloussa Jay. Une heure?

— Presque deux, Monsieur L., rigola Amandy. Et on aurait résisté plus longtemps s'*il* ne nous avait pas jeté des fourmis rouges.

Todd se donna fièrement une tape dans le dos avant de s'asseoir sur la cuisse de son père.

— Vous auriez dû les entendre crier!

— On les a entendues! lâchèrent Jay et Judi en unisson et en rigolant.

— J'ai commencé à composer le 9-1-1 avant de découvrir ce qui se passait, leur rappela Judi.

Bientôt, tout le monde éclata de rire. Les dents de Claire claquaient de joie.

— Ça ressemble à un moment YouTube, marmonna Massie avant de jeter ses cheveux vers l'arrière.

L'essence pure des plantes synonyme de la senteur des produits Aveda éclipsa temporairement l'odeur de beurre d'arachide du gâteau.

Claire sentit son sourire mourir. Elle s'apprêtait à rouler des yeux pour démontrer à Massie qu'elle trouvait aussi que l'histoire des fourmis sous la table était stupide. Mais un instant! Si Massie n'aimait pas le plaisir, elle pouvait partir.

— Attends un instant! Tu ne vas pas propager cette histoire, n'est-ce pas?

Amandy se dégrisa rapidement.

— Hein? demanda Claire pendant que sa mère fouillait dans la cuisine à la recherche d'allumettes.

— Tu sais, tu ne vas pas raconter des histoires embarrassantes sur nous aux autres juges, hein?

Claire fronça ses sourcils blonds.

— Pourquoi ne nies-tu rien?

Sarah se pencha vers l'avant avant de couvrir sa bouche en signe de choc.

— Est-ce parce que tu as déjà parlé?

Elle haleta et se tourna vers SA.

— Elle a déjà déballé son sac!

— De quoi parles-tu? Je n'ai même pas encore *rencontré* les autres juges.

— Ah, ah! Tu as dit «*encore*», dit Sari en pointant du doigt le visage de Claire. Alors tu planifies le faire.

— Je planifie faire *quoi*? De les rencontrer ou de leur raconter des histoires?

Claire regarda son père dans l'espoir d'y trouver un témoin de cette folie. Mais il agita les mains comme une personne qui ne voulait pas être impliquée.

Désespérée, elle jeta un regard vers Massie, mais, étonnamment, il n'y avait sur le visage de la meneuse aucune trace d'une expression annonçant «je t'avais dit qu'elles étaient des cas sans espoir floridiennes et folles». Cette dernière était plutôt occupée à appliquer une crème pour cuticules de Chanel sur l'ongle de son pouce. Tous les signes de colère semblaient avoir disparu. Elle semblait sereine — comme si elle n'avait pas été abandonnée par ses parents pour être envoyée dans un autre

État où elle avait pénétré dans une pièce pleine d'étrangères qui paradaient dans ses vêtements.

— Alors, pour qui vas-tu voter?

Amandy éventa son visage à l'aide d'une assiette en papier Minnie Mouse.

Claire ouvrit la bouche pour répondre, puis elle marqua une pause. Elle n'y avait pas réellement songé.

— Je l'ai rencontrée la première, insista Sari. Tu te rappelles, Claire? On était partenaires en gymnastique. Je t'ai aidée à monter sur la poutre d'équilibre. Je t'ai attrapée quand tu as commencé à basculer. C'est tout comme si j'avais sauvé ta vie.

— Ouais, mais j'ai été la première à dormir chez elle, insista Sarah.

— Uniquement parce que j'avais la varicelle.

Amandy frappa le poing sur le revêtement de table en formica.

— Grâce à *toi*!

Elle pointa Sari du doigt.

— Moi? cria Sari. Je l'ai attrapée de t...

— Pourquoi se chicanent-elles? demanda doucement Massie. De quel *vote* parlent-elles?

— Je te le dirai plus tard, marmonna Claire en guise de réponse.

— Qui veut du gâteau? cria Judi pour recouvrir les éclats.

— Moiiiii! crièrent Todd et Jay.

— Le voilà, annonça Judi en déposant le gâteau aux bougies allumées au milieu de la table.

Les chandelles en forme de lettres brûlaient avec la même fierté qu'une flamme olympique.

— À trois, je veux que Claire, Sarah, Sari et Amandy soufflent les chandelles qui épèlent MLLE BAISER. Et Massie, le mot BIENVENUE t'appartient. Prêtes? Un... deux...

— Et qu'est-ce que j'ai, moi? se lamenta Todd.

— Ça.

Claire glissa son doigt le long du plateau rectangulaire du gâteau. Elle accrocha un morceau de glaçage blanc qu'elle lança au visage de son frère. Il atterrit droit sur son nez.

— Claire! souffla Judi en tentant d'avoir l'air fâchée, mais son sourire pincé la trahit.

Massie éclata de rire pendant que Jay léchait le nez de son fils pour le taquiner.

— Beurk, papa! rigola Todd.

— Est-ce que je peux garder les chandelles MLLE BAISER, Madame L.? demanda Amandy en ignorant complètement la légèreté au menu du côté Lyons de la table.

— C'est pas juste! lança Sarah en frottant ses cheveux blonds bouclés. J'allais le demander.

— Non, moi!

— Pourquoi vous ne les soufflez pas d'abord ?

Judi tenta de donner un ton d'agacement à sa voix.

— Avant que la crème glacée ne fonde.

— Bien, répondit Amandy d'un ton brusque avant de se pencher vers l'avant pour souffler.

— Qu'est-ce qui est arrivé au décompte ?

Massie leva ses yeux ambre pleins d'innocence vers Judi.

Judi haussa les épaules pendant que SAS se battaient pour les chandelles.

— Euh, est-ce que le gâteau est faible en gras ?

Massie frappa la lèvre inférieure du gâteau avec le dos de sa cuillère.

— Elle est sérieuse ? demanda Amandy en fourrant les lettres M, B, S et E sous ses fesses.

— Ouais, je suis sérieuse, souffla Massie.

— Tu penses qu'on est vraiment nulles ?

— Tu veux vraiment que je réponde à ta question ? se moqua Massie en ramassant un morceau de gâteau.

— Ha ! cria Todd.

Il tendit sa main pour que Massie y tape la sienne, mais Jay la baissa.

Claire enfouit un gros morceau de crème glacée au beurre d'arachide froide dans sa bouche et le déplaça avec sa langue jusqu'à ce qu'il commence à fondre. C'était ça ou avoir à parler, et elle n'avait aucune idée de ce qu'elle devait dire. Aucune idée de qui elle devait défendre. Aucune idée de comment sa journée s'était transformée de la sorte.

Était-ce la tension liée au concours Mademoiselle baiser ? La collision de ses deux mondes ?

Ou est-ce que tout le monde avait changé ?

— On n'aurait *jamais* un gâteau à la crème glacée *sans* gras, dit Sari en léchant le côté de sa chandelle I. *Ça* serait vraiment dégueulasse.

— Vraiment dégueulasse, dit Amandy, et Sarah approuva.

— Oh.

Massie repoussa son assiette.

— C'est tellement impoli, murmura Sarah.

— Peu importe. Je suis allergique aux noix, de toute façon, dit Massie en fouillant dans sa trousse de maquillage.

Claire se rappelait avoir vu Massie manger des barres Luna aux noix et au chocolat à plusieurs occasions, mais décida que ce n'était pas le meilleur moment pour le mentionner. Ses amies se querellaient peut-être, mais pas avec *elle*. Et elle voulait que ça reste comme ça aussi longtemps que possible.

— Ah ouais ?

Alicia lissa son sourcil épais avec un doigt.

— À quelle sorte de noix es-tu allergique?

Massie sortit un miroir compact YSL doré de sa trousse et tint le miroir devant SAS.

— À cette sorte!

SAS soufflèrent. Todd rit. Jay et Judi se concentrèrent sur leur gâteau. Claire ne savait pas si elle devait échanger une tape dans la main avec Massie ou la mettre sur le prochain vol en partance d'Orlando. Alors, elle fit ce que n'importe quelle autre personne prise au milieu d'amies en querelle ferait. Elle avala un autre morceau de gâteau plein de gras, et lorsque son morceau fut terminé, elle s'en servit un autre.

Une certaine émotion gagnait Claire chaque fois que Cam la regardait de son œil bleu et de son œil vert. Une chaleur la submergeait. Elle se sentait en sécurité. Son regard lui faisait croire qu'elle était spéciale, voire belle. Et ce soir-là, même s'il était à des kilomètres de là *et* occupé à l'ignorer, elle ressentait cette émotion.

C'était le moment idéal de la journée, quand le soleil était couchant, mais brillait toujours. Il projetait une lueur orange sur la face des immeubles charmants du centre-ville historique et réchauffait la peau à l'odeur de beurre de cacao des gens comme un dernier baiser avant l'heure du coucher. Sur la scène au centre de Toho Square, un groupe de musique populaire local, Carbon Footprint, entama les premières notes de son succès enlevant, *Nature's Candy*. Les tongs se faisaient aller sur le sol alors que les amateurs plongeaient dans la foule grandissante, courant vers la piste de danse herbeuse.

— On se rencontre à la tente blanche de la presse à..., commença Jay avant de regarder sa montre de plongée noire, 21 h 15.

— OK.

Claire bondit sur l'avant de ses sandales de gladiateur dorées ; Massie avait insisté pour les lui prêter.

Judi se pencha pour étreindre sa fille.

— Amuse-toi bien, *juge*.

Elle la serra fort et enveloppa Claire dans une faible odeur de lis et de gomme Dentyne Ice à la menthe verte.

— Nous sommes si fiers de toi.

— Merci, maman.

Claire gigota pour se libérer de l'étreinte. Elle se sentait comme une poupée mécanique maintenue en place : à l'intérieur, elle était remontée et prête à partir.

— Ne fête pas trop fort.

Todd ajusta le nœud papillon rouge qu'il s'était borné à porter sur son débardeur blanc à l'effigie des Jobs T-Odd accompagné d'un short de surf noir.

— On commence tôt demain. On a trois pelouses à faire et un aquarium à nettoyer.

Claire roula des yeux et saisit le bras de Massie pour la tirer loin de la réalité, vers le tapis rose des VIP qui menait vers l'entrée.

À l'image des invités, l'arche en fer annonçant « bienvenue », placée à la tête de la zone récréative extérieure, avait été décorée en l'honneur de l'occasion spéciale. Des brillants rouges recouvraient les poteaux et une bouche charnue, faite de ballons roses, était suspendue entre ceux-ci. Les mots MADEMOISELLE BAISER étaient inscrits sur la lèvre supérieure et les mots DERNIER BAISER étaient griffonnés sur la lèvre inférieure. Il s'agissait d'un événement d'une amère douceur, organisé pour dire adieu à la gagnante du concours de l'an dernier et faire de la place pour la nouvelle Mademoiselle baiser. Même si la soirée ne comptait pas dans la carte de pointage des juges, toutes les filles présentes étaient conscientes du pouvoir de la première impression et avaient donné à la fête annuelle un surnom approprié.

— Les filles appellent cette soirée Première prise, expliqua Claire en ajustant son autocollant « juge » même s'il était parfaitement en place, au-dessus de la poche de la robe pailletée Luella à rayures bleues et rouges que Massie lui avait prêtée pour l'occasion.

En mille milliards d'années, elle n'aurait jamais imaginé assister à la soirée Première prise en compagnie d'une meneuse de Westchester. Sarah, Amandy et Sari auraient dû être à ses côtés. Leur plan pour cette journée avait toujours été le suivant :

1. Séance de bronzage matinale et préparation de la liste musicale dans l'arrière-cour de Sarah ;
2. Déjeuner au restaurant du papa de Sari. Ne pas hésiter à s'empiffrer — c'est le père de Sari qui paie !
3. S'habiller chez Amandy (elle a sa propre salle de bain). Appliquer des brillants de couleurs porte-bonheur à l'intérieur des poignets.
4. Séance de photos par Claire.
5. Se faire reconduire au centre-ville par Denver, le séduisant demi-frère de Sarah.
6. Se pavaner huit fois (notre numéro chanceux) devant les juges en souriant.
7. Danser et évaluer les autres concurrentes.
8. Éviter les juges au moment de partir afin qu'ils ne voient pas nos franges en sueur.
9. Commencer la préparation énergique pour le concours.

Mais après la tempête sociale de la veille, Claire décida qu'il était préférable de garder tout le monde séparé pour l'instant. Et puisqu'elle n'était pas inscrite au concours et qu'il n'était pas *nécessaire* que son apparence soit parfaite pour la fête, c'était plutôt logique.

Étonnamment, SAS avaient compris. Lorsqu'elles s'étaient rencontrées ce matin-là, elles lui avaient dit qu'elles respectaient ses limites à présent qu'elle était juge et lui avaient assuré qu'elles donneraient une deuxième chance à Massie. Elles lui avaient même promis de mettre un couvert pour elle durant leur déjeuner de gavage afin qu'elle soit avec elles en esprit, car sinon, elles s'ennuieraient trop d'elle. En contrepartie, Claire avait juré de les aider à acheter leur maquillage pour le concours. Et tant pis si ça allait à l'encontre du règlement du concours! Elle était leur *meilleure* amie. Il fallait s'y attendre. Et c'était exactement ce qu'elle leur avait dit. La promesse avait suffi pour colmater la fissure dans leur amitié, sceller leur amour et maintenir la paix. Durant une autre journée, du moins.

— Oh mon doux! Est-ce que c'est Rory Gilmore?

Massie resserra la cravate pourpre qu'elle avait enfilée dans les ganses de son short de satin noir, qu'elle portait avec une veste assortie. Elle était la seule invitée à porter la couleur interdite et elle semblait être ravie des regards à la dérobée que lui lançait la Troupe pastel (comme elle avait surnommé les filles).

Comme un lamantin surpris par une averse, Claire laissa le commentaire couler sur son dos. Une atmosphère provinciale émanait de sa ville natale — et alors? C'était charmant. Festif. Animé. Chaleureux! Et si Massie lui donnait une chance, peut-être qu'elle l'apprécierait aussi.

— Claire?

Lorna Crowley Brown apparut devant elle, vêtue d'une blouse blanche ample couverte de marques de baisers faites maison à l'aide de sa propre bouche en cœur. Elle avait rentré sa blouse dans un capri en denim blanc qui convenait parfaitement au bas de son corps en forme de poire.

— Voici le règlement, dit-elle en tendant à Claire une volumineuse reliure en cuir rouge comprenant des séparateurs. Il y a une section qui porte sur l'importance de placer l'impartialité avant l'amitié. Je te suggère de la lire attentivement.

Ses yeux verts étroits percèrent ceux de Claire.

— Et ce soir, essaie de t'en tenir à des discussions avec les juges seulement.

— Bien sûr.

Claire serra le livre contre son cœur. Il sentait les roses.

Lorna posa sa main potelée dans le creux du dos de Claire.

— À présent, si tu pouvais parcourir le tapis rose afin que les photographes de la presse puissent prendre ta photo...

— Bien sûr, dit Claire, comme si c'était le genre de situation qui lui arrivait tous les jours.

Mais dans son for intérieur, elle bondissait et faisait claquer ses talons.

Enfin, Massie verrait qu'*elle* était une meneuse aussi.

— Claire Lyons ! Juge et vedette de *Tapez L pour Looser*, annonça Lorna à la presse qui était réunie derrière des panneaux de BeDazzled.

Les photographes levèrent leur appareil et prirent leurs photos. L'attaque d'attention donna à Claire l'impression de porter des œillères. La musique et le brouhaha de la fête parurent embrouillés. En sourdine. Comme si elle était sous l'eau. Si ce n'était de l'odeur vive du parfum Chanel N° 19, elle n'aurait eu aucune idée que Massie se tenait à côté d'elle.

En lui jetant un coup d'œil à la dérobée, elle aperçut la meneuse enrouler avec une fausse timidité sa mèche pourpre autour de son doigt et poser avec une confiance bien affirmée par une main sur sa hanche.

— Pour quels magazines ces gars-là travaillent-ils ? parvint-elle à demander malgré son sourire figé et ses dents serrées.

— Surtout pour des journaux locaux et quelques écoles, marmonna Claire du coin des lèvres.

L'odeur du parfum disparut instantanément. Massie passa sous la lentille des appareils-photo et fila au centre de la fête.

— Bienvenue, juge Lyons. Je m'appelle Gracie. Tu es vraiment jolie ce soir !

Une rouquine pleine d'entrain, vêtue d'une robe rose cendré couverte de fleurs pourpres, aborda Claire à la fin du tapis et lui donna un grand verre de limonade.

— Tu as soif ?

Claire accepta gracieusement le verre givré. Si Massie s'était toujours tenue à côté d'elle, Claire lui aurait envoyé un clin d'œil et aurait articulé silencieusement « Première prise ».

— C'est un honneur de t'avoir ici. J'ai adoré ton film. Je m'appelle Gracie — oh, je t'ai déjà dit ça, n'est-ce pas ? Je vais faire partie du concours samedi. Je m'exerce sans arrêt et j'espère vraiment qu'il y aura une partie réservée à la danse.

Elle zieuta le carnet de juge de Claire.

— Je pense que je vais vraiment briller là-dedans.

— Tu commences sur une bonne note, lança Massie, qui se pointa derrière Gracie en sirotant un Perrier. Tu devrais peut-être commencer par poudrer ta zone T. Elle est huileuse fois dix.

— Fichu Proactiv !

Gracie battit des cils sur ses yeux verts pendant qu'elle cachait frénétiquement son visage du creux de la main.

Claire haleta avant de tirer son amie plus loin.

— Merci pour la limonade, envoya-t-elle à Gracie. Et bonne chance samedi.

Elle tira Massie à travers la foule dense, en direction du groupe musical, en tentant tant bien que mal de répondre aux sourires amicaux qu'elle rencontrait en chemin sans toutefois avoir l'air de choisir une favorite.

Au loin, près du bassin-trempette, SAS marchaient lentement et avec raideur devant Vonda Tillman, éditrice du journal quotidien de Kissimmee/juge de Mademoiselle baiser, dans l'espoir de faire leur première impression.

Claire rigola et mena Massie vers un coin vide derrière la scène. Dès qu'elles seraient entourées, en toute sécurité, par des danseuses non inscrites au concours, Claire trouverait le courage de donner un discours à Massie sur le respect de sa ville et des gens qui y vivent. Mais lorsqu'elle aperçut les marches en bois menant à la scène — la scène où elle serait assise dans moins d'une semaine —, Claire toucha son cœur et soupira.

— Je n'arrive pas à croire que je suis *juge*.

Ses grands yeux bleus semblaient voir à travers les musiciens bondissants pour se fixer sur une scène imaginaire.

— Sais-tu à quel point c'est un *honneur*?

— Oui, *votre* honneur.

Massie esquissa un rictus. Ses dents paraissaient extra blanches contre sa peau de bronze.

— La voilà, notre meilleure amie!

Amandy avait abandonné l'idée d'impressionner Vonda et se frayait à présent un chemin à coups de coude pour dépasser Massie et jeter ses bras autour de Claire.

Sari et Sarah dansèrent aussi vers elle en poussant subtilement Massie à l'extérieur de leur cercle.

Claire s'assura d'abord que Lorna se tenait à une distance sécuritaire avant de reconnaître leur présence.

— Wow! Vous êtes su-perbes, les filles! lâcha Claire dans un murmure.

Elle s'était efforcée de ne pas parler le langage du Comité beauté pendant qu'elle était avec SAS, mais après avoir passé la journée à potiner avec Massie à propos des gens de Westchester, le ton s'était faufilé.

— Penses-tu que nous avons fait une bonne première impression?

Sarah tourbillonna sur ses talons. Sa robe bain-de-soleil vert menthe tournoya autour de ses mollets et des brillants orange tombèrent de ses poignets comme de la poussière d'ange. Sari portait une robe du même modèle, mais pêche, et les brillants sur ses poignets étaient roses, et Amandy avait assorti sa robe lavande à des brillants bleus. Elles avaient l'air d'un nouveau groupe féminin s'apprêtant à monter sur scène après Carbon Footprint.

— Ces robes me rappellent les petits gâteaux vendus en épicerie, énonça Massie, impassible, ce qui compliquait la tâche pour les filles à savoir s'il s'agissait d'un compliment ou d'une insulte.

— Ta tenue me rappelle l'enterrement d'un motard, siffla Amandy.

— Bien, tes sourcils — je veux dire *ton* sourcil — me rappelle un...

— Nous allons prendre une petite pause! annonça le chanteur aux cheveux noirs en essuyant son front à l'aide de son bandeau orné du symbole de la paix.

Les danseurs gémirent leur déception avant de se disperser à la recherche de boissons, ce qui exposa Claire et sa conversation illégale.

— Alors, quelles sont les parties de cette année?

Sari tendit le bras vers la reliure en cuir rouge.

Rapidement, Claire se réfugia derrière un grand haut-parleur.

— Je ne peux pas te le dire maintenant. C'est contraire au règlement, s'écria-t-elle dans un murmure. Je ne peux même pas être aperçue en votre compagnie.

— Ça me semble logique.

Massie adressa un rictus à Amandy.

— Et qu'est-ce qui fait de *toi* une personne si spéciale? demanda Sari de sa voix la plus nasale.

— Mon ADN, lança Massie.

Claire s'adossa sur le haut-parleur, ferma les yeux et secoua la tête comme un parent las.

— Bien, ton ADN ne te permettrait même pas de réussir la première partie de Mademoiselle baiser, souffla Sari.

Claire mordit son autre pouce.

— Euh, Sardine?

— Je m'appelle *Sari*.

— Non seulement je réussirais la première partie, mais en plus, je gagnerais.

Le cœur de Claire se mit à cogner. Elle ferma les yeux. Elle n'avait pas à voir la meneuse pour savoir dans quelle direction la conversation se dirigeait.

— Tu dois habiter ici pour t'inscrire, lui indiqua Amandy.

— Je vais utiliser l'adresse de Keu-laire.

— Tu dois avoir un talent, tenta Sarah.

— Je *suis* le talent.

— Le concours est fermé, insista Sari.

— Je ne pense pas que ça va poser un problème.

Quoi ?

De l'arrière du haut-parleur, Claire jeta un coup furtif vers les filles. Massie fonçait comme un ouragan dans la foule et mettait le cap sur Lorna Crowley Brown.

— Est-elle sérieuse ?

Amandy fronça ses sourcils épais.

Claire aurait voulu répondre *oui !*, mais était trop terrifiée pour émettre une parole.

Massie interrompit une conversation entre Lorna, un père et sa fille-aspirante pleine d'espoir, qui portait un diadème et une petite écharpe annonçant FUTURE MADEMOISELLE BAISER.

Massie pencha la tête sur le côté afin de projeter l'image de la douce sincérité. Mais Lorna secoua négativement la tête.

— Ha! lâcha Amandy.

Claire poussa un soupir de soulagement. Elle était déjà prise entre Massie et SAS. Imaginez comment les choses iraient si cela devenait officiel, par ses votes! À cette seule pensée, ses intestins se serraient et se tortillaient pour former quelque chose ressemblant à une grosse tête de mort. DANGER, sans aucun doute.

Au lieu de tourner ses petits talons pour revenir vers elles, Massie enroula sa mèche pourpre autour de son doigt. Lorna écarquilla les yeux. Elle glissa une main dans ses cheveux noirs coupés au carré avant de faire un appel rapide sur son téléphone cellulaire.

Quelques secondes plus tard, elles se secouèrent la main.

SAS secouèrent la tête.

Et Claire fut simplement secouée.

Le trajet de trois heures et demie en limousine entre Orlando et Miami ne suffisait pas
à vaincre l'odeur de moisi de l'aquarium de
madame Crane toujours présente dans les
narines de Claire. Une douche aurait aidé. Ou
l'occasion d'enlever son short en denim coupé
et son t-shirt taché de sueur, mais Massie et
son chauffeur avaient traqué l'équipe Les Jobs
T-Odd d'une maison à l'autre, la suppliant
de se dépêcher afin que Massie puisse aller
magasiner.

Durant le trajet sans fin, Massie raconta
à Claire les histoires de sa courte carrière de
meilleure vendeuse des cosmétiques Sois jolie
pendant que Claire hochait la tête comme si elle
portait attention. Elle tentait plutôt de trouver

un moyen de juger le concours Mademoiselle baiser *tout en* gardant ses amies.

Enfin, la limousine tourna sur Kendall Drive.

— ... Finalement, les CSE n'étaient pas aussi sans espoir que je le pensais. Parce que je faisais passer des filles de la note trois à huit, de la note cinq à neuf et de la note huit à dix. Et ce n'était pas si difficile que ça. Il suffisait d'une petite dose de critique constructive et de *beaucoup* de maquillage.

Massie vérifia l'application de son brillant à lèvres dans son miroir compact YSL.

Au départ, l'unique mention de chiffres envoya les dents de Claire droit vers son ongle le plus long. Comment pouvait-elle donner un pointage plus élevé à une amie plutôt qu'aux autres?

— ... En moyenne, j'ai transformé chaque CSE à la note huit, au minimum.

Massie donna une chiquenaude à un brillant doré tombé au hasard sur sa large tunique rayée pourpre et blanche.

Et voilà!

Tout bonnement, Claire avait trouvé la solution. Elle allait donner à toutes ses amies le pointage de huit. Alors, elle n'aurait pas à choisir parmi elles. Et huit était leur chiffre chanceux alors...

Problème réglé!

Elle aurait voulu se pencher en travers de la limousine aux sièges en cuir pour étreindre Massie en guise de remerciement pour cette inspiration...

Mais un instant...

Comme pourrait-elle donner la même note à Massie et à Amandy durant la partie beauté alors que les sourcils d'Amandy avaient davantage l'apparence d'une frange ? Comment pourrait-elle donner un huit à Sari durant la série de questions éclair alors qu'*elle* prenait *des jours* avant de répondre ? Et comment pourrait-elle faire croire à quiconque avait des yeux bien fonctionnels que l'interprétation physique d'une grave question internationale par Sarah n'était pas une tentative de comédie bouffonne ?

— Comment as-tu réussi à les transformer en candidate à la note huit si elles étaient, comme, des notes trois ? demanda Claire à Massie alors qu'elles se glissaient hors de la limousine devant le grand magasin.

— Facile.

Massie se retourna et remua son iPhone pour indiquer au chauffeur qu'elle l'appellerait lorsqu'elles auraient terminé leurs emplettes.

— Je leur ai dit la vérité.

— Ce qui veut dire ?

— Ce qui veut dire : « Tu es laide, mais ne t'inquiètes pas, parce que je peux t'aider. »

Massie fonça au-delà d'une foule de vendeurs menaçant de les asperger des nouvelles fragrances de l'automne.

— Dépêche-toi!

Massie saisit le bras de Claire et la tira à l'abri vers les ascenseurs. Dès que les portes se refermèrent derrière elles, elle enfonça son nez dans les cheveux blond blanc de Claire et inspira.

— Immaculé.

Elle tendit une poignée de ses cheveux bruns lustrés à Claire.

— Moi?

Claire se pencha et renifla à la recherche de parfum.

— Ils t'ont eue.

Elle chassa de la main la faible odeur de fleurs.

Normalement, elle aurait menti à la meneuse, simplement pour qu'elle garde sa bonne humeur. Mais elle avait beaucoup de vérité à dire au cours de la prochaine semaine et elle avait besoin de s'exercer autant que possible.

Massie tira ses cheveux vers son nez.

— C'est Daisy, de Marc Jacobs. C'est correct.

Claire s'envoya un sourire. Elle pourrait le faire... tant et aussi longtemps que Lorna Crowley Brown ne l'apprenait pas.

L'étage choisi par Massie était rempli de mannequins affamés et à l'air blasé mais élégant, vêtus des créations de la collection d'automne. Les couleurs étaient vives et...

— Terminé! annonça Massie.

— Quoi? rigola Claire. Déjà?

— Ouaip.

Elle leva une robe en soie noire au collet en V signée Geren Ford, garnie de ruchés jusqu'au bas.

— C'est parfait.

Et ça l'était. Pour un cocktail à New York ou des sièges au premier rang lors de la semaine de la mode. Mais pas pour Mademoiselle baiser. La robe de soie noire luisante avec son décolleté plongeant et ses plis serrant les côtes n'annonçait pas : *Je suis une jolie fleur innocente qui serait honorée de représenter humblement Kissimmee, en Floride, et d'agir à titre de mentore pour vos jeunes filles et votre jeunesse tourmentée.* Elle annonçait plutôt : *C'est le retour du style séduisant.*

Et afin de faire de ses amies des candidates à la note huit, Claire devrait s'endurcir et tenter l'impossible. Il lui fallait donner à Massie des conseils en matière de vêtements.

— Que dis-tu de celle-ci?

Claire tendit une robe vieux rose faite en jersey doux. Sa jupe qui allait jusqu'au sol était composée de trois couches dont la dernière ressemblait à du satin.

— C'est de la marque Theory! annonça-t-elle, sachant que Massie avait un faible pour les chandails de cette marque.

— Elle est *rose*!

Massie bondit d'un pas comme si elle était contagieuse.

— Écoute, murmura Claire en survolant des yeux le périmètre et en s'approchant de Massie. À titre de juge, je n'ai pas le droit de donner de conseils aux participantes de Mademoiselle baiser, mais puisque c'est toi, je vais...

— Puisque c'est *moi*, tu vas me donner la meilleure note peu importe ce qui arrivera, *n'est-ce pas*?

Massie jeta la robe noire par-dessus son épaule.

— Je ne peux pas faire ça.

Claire remit la robe Theory sur le présentoir.

— Je dois avoir l'air crédible. Et personne ne croira que je puisse te donner une bonne note si tu portes *ça*.

— Pourquoi pas?

Massie recula d'un pas pour absorber l'information.

— Parce que, souffla Claire, elle n'annonce pas Mademoiselle baiser. Elle annonce

Mademoiselle arrogance. Et ce n'est pas l'esprit de ce concours.

— Alors, tu es en train de me dire que pour être un bon modèle, je dois mal paraître?

— Non.

Claire eut soudain l'envie de pleurer. Pourquoi Massie ne pouvait-elle pas comprendre que Claire essayait de l'aider?

— Pourquoi veux-tu participer à Mademoiselle baiser de toute façon? lâcha-t-elle. Tu t'en moques depuis que tu es arrivée.

— Parce que je veux gagner.

Massie roula des yeux comme si c'était l'évidence même.

Avant que Claire ne puisse répondre, son cellulaire vibra. Elle tourna le dos à Massie pour lire le message texte.

Sarah : Denver peut nous déposer chez toi maintenant. Prête?

La peau de Claire picota de chaleur. Son cœur s'emballa. Ses mains devinrent moites. Comment avait-elle pu oublier? Elle avait promis à SAS qu'elle les aiderait à acheter leur maquillage pour le concours. Même si elle partait maintenant, elle n'arriverait pas à la maison avant l'heure du dîner.

Ses yeux parcoururent le magasin. Massie se tenait près de la caisse et fouillait dans son sac Juicy Couture Alpha, manifestement à la recherche de son portefeuille. Claire se demanda ce que Massie ferait en pareille situation. Mais la réponse était évidente. Elle ne se sentirait jamais déchirée entre deux groupes d'amies à couteaux tirés, à tenter de plaire à tout le monde.

Massie ne s'en soucierait tout simplement pas.

Claire : Prise au travail jusqu'à 18 h. On peut y aller demain?

Après une longue pause, Sarah répondit enfin.

Sarah : OK. Mais ELLE è mieux de ne pas être là.

Claire referma son téléphone cellulaire incrusté de diamants de fantaisie.

— Prête? J'aimerais un café au lait.

Massie passa son sac d'emplettes sur son épaule et tira Claire vers l'escalier roulant.

— Demain, allons à la recherche d'un spa acceptable.

Claire jeta un regard au papier de soie débordant du sac Saks avec mépris, mais adressa son

sourire le plus agréable à Massie. Elle disposait
du long trajet jusqu'à la maison pour apprendre
à dire la vérité... ou imaginer son prochain grand
mensonge.

Massie baissa la vitre de la limousine et sortit la tête à l'extérieur. Bean bondit sur sa cuisse et posa son menton contre le cadre.

— Rappelle-moi encore pourquoi tu dois travailler ?

Claire envoya la main à sa voisine immédiate, madame Bower, qui regardait vers eux d'un air interrogateur à travers la haie, se demandant pourquoi une longue limousine noire était garée dans la cour des Lyons.

— Je dois travailler pour faire de l'argent, lui dit Claire, comme si elles avaient eu cette discussion des milliers de fois.

— Et si je te payais pour que tu viennes avec moi ?

Massie régla l'évent de l'air conditionné afin qu'il souffle sur son visage.

— Todd a besoin de moi, mentit Claire.

En vérité, elle lui avait donné 20 $ pour qu'il lui donne congé sans le dire à Massie.

— Une dame nous a embauchés pour fouiller dans ses déchets et en sortir les articles recyclables. C'est dégueulasse, mais comme elle est une cliente régulière...

— Alors tu seras ici à mon retour?

Massie gratta l'arrière des oreilles de Bean.

— Je le jure par un serrement de petits doigts.

Elles s'exécutèrent.

Par la fenêtre ouverte, Claire remit une adresse au chauffeur, qui la saisit immédiatement dans son GPS. Il s'agissait de l'adresse de Nouvelles et articles divers de Kim — un kiosque à journaux de Tampa qui offrait des journaux et des magazines de partout au monde. D'une manière ou d'une autre, Claire était parvenue à convaincre Massie qu'elle prendrait de l'avance dans la partie de l'interprétation physique d'événements mondiaux si elle interprétait un événement dont les États-Uniens ignoraient l'existence. Il y avait deux magasins locaux qui vendaient les mêmes journaux internationaux, mais Claire avait besoin du plus grand nombre possible d'heures sans Massie. Et la boutique de Kim se trouvait à une distance de deux heures.

Quelques minutes après le départ de la limousine, SAS firent leur arrivée sur le seuil de Claire. Elles portaient toutes un débardeur noir et bleu des Magic d'Orlando et un short noir serré.

— Qu'est-ce que vous portez ? demanda Claire en rigolant et en les tirant dans la maison avant de fermer rapidement la porte.

— Nos costumes d'Halloween.

Claire posa ses mains sur ses hanches à la manière d'une meneuse de claque, mais, pour une raison ou une autre, le geste rappelait davantage une enseignante fâchée.

— Tu nous as dit de venir costumées.

— Je voulais dire d'être discrètes afin que personne ne vous remarque, les taquina Claire en les menant vers le haut de l'escalier tapissé d'une moquette pêche. Vos habits vous mettent un peu en évidence, non ?

— Ne t'inquiète pas, commença Sari. Denver nous a déposées à trois pâtés, comme tu nous l'avais demandé. Tu sais, au coin de Brooks et Carriage. À côté de la grande maison avec les tournesols et la jolie balançoire de véranda. Ta famille devrait acheter une balançoire de véranda. Non, attends : vous déménagez. Mon doux ! Je ne peux pas croire que vous déménagez. Et pour de bon, cette fois-ci. C'est tellement...

— Où est Massie? interrompit Amandy alors que les filles entraient dans la chambre de Claire.

— Elle magasine. Je lui ai dit que je voulais passer la journée seule avec vous, les filles.

— Et ça ne l'a pas dérangée? dit Amandy à la couette Scandia Down pourpre couvrant le lit de Claire.

— Bien sûr que non.

Claire s'assit sur son propre édredon vert, qui avait été déplacé sur le matelas soufflé AeroBed poussé contre le mur. Le matelas se gonfla des deux côtés pour former un *U* géant lorsque Sari s'assit près d'elle.

— Qu'est-ce que c'est?

Amandy pointa vers l'oreiller rond en velours pourpre qui avait été fixé contre le côté du lit. On aurait dit un side-car de motocyclette.

— C'est pour la chienne, ricana Claire, en sachant à quel point tout ça devait avoir l'air ridicule.

— Tu n'es pas allergique? demanda Sarah.

Le ventre de Claire se remplit de chaleur. Elle s'en souvenait.

— J'ai une ordonnance, renifla Claire.

Amandy se glissa au milieu du lit gonflé de Massie, laissant derrière une traînée de brillants à poignet bleus. Elle se roula vers la table de chevet, vaporisa de l'eau de linge à la lavande, passa le masque de repos en satin sur ses yeux et replia ses mains sur sa poitrine comme un cadavre.

— Ahhhh.

Elle jeta ses tongs blanches sur le sol pour présenter à ses pieds la joie des draps à grande contexture.

— Est-ce de la soie?

— Je veux y toucher.

Sarah plongea sur Amandy. Des brillants orange tombèrent de son poignet et se mêlèrent aux brillants bleus.

— Euh, Rihanna, ça vous va?

Claire se précipita vers l'ordinateur et fit jouer *Don't Stop the Music* à plein volume. Si cette chanson ne faisait pas en sorte qu'elles se lèvent du lit de Massie, rien n'y parviendrait.

Quelques secondes plus tard, les filles dansaient et chantaient comme un groupe d'amies normal qui n'étaient pas à quelques jours de se faire concurrence pour le plus grand prix de leur vie.

Do you know what you started?

I just came here to party.

Durant une demi-vrille, Claire surprit Sari à rôder près de son bureau et à feuilleter sa reliure du concours Mademoiselle baiser. Son postérieur se balançait au rythme de la musique pendant que sa tête pendait au-dessus des pages.

— Qu'est-ce que tu fais?

Claire attrapa la reliure.

— C'est illégal.

Le même sentiment de trahison qu'elle avait ressenti chez Saks monta en elle — sauf que cette fois-ci, il était mêlé avec l'impression qu'on profitait d'elle.

— Je suis certaine que Massie l'a vue, lança Sari d'un ton brusque en tirant sur la ceinture élastique de son short.

— Ce n'est *pas* vrai, insista Claire, qui disait enfin la vérité.

Amandy baissa le volume de la musique.

— Et on est supposées croire ça?

— Vous pouvez croire ce que vous voulez.

Claire jeta la reliure dans son tiroir de sous-vêtements avant de le fermer violemment.

— Je la crois, dit Sarah avec un regard particulier.

Un regard qui semblait rappeler à Sari et à Amandy une conversation qu'elles avaient eue plus tôt. Un regard qui disait : *Respectez le plan et ne gâchez pas tout.*

— Désolée.

Amandy avança vers Claire et posa une main glacée sur la manche de son t-shirt rouge Les Jobs T-Odd.

— On ne veut pas faire quoi que ce soit qui te rende inconfortable, Claire l'ourson.

— Elle a raison, admit Sari en mordant sa mince lèvre inférieure. Tu fais déjà tellement de choses pour nous aider. Et je suis certaine que tu en feras encore plus au moment du vote, alors...

Amandy lui donna un coup de coude dans les côtes. Un bon coup. Sari fit semblant que ça ne lui faisait pas mal.

Claire n'avait pas besoin d'un cerveau pour savoir qu'on profitait d'elle. Le sentiment soudain qu'elle ne serait jamais plus capable d'avaler de la nourriture le lui annonçait. Mais pouvait-elle les blâmer? Si elle n'était jamais déménagée à Westchester et qu'on ne lui avait jamais demandé d'être juge, serait-elle comme SAS, prête à tout pour gagner le titre de Mademoiselle baiser?

En gardant cette pensée en tête, elle mit les cinq dernières minutes en surbrillance et les effaça de son esprit et décida de recommencer à zéro.

— Commençons, annonça-t-elle.

Les filles firent la file devant elle comme des soldates obéissantes. Mais plutôt que de crier comme un sergent instructeur, Claire murmura comme un informateur.

— Ce que je m'apprête à vous dire, c'est de l'information classifiée. Certains éléments pourraient vous blesser, mais c'est pour votre bien. Alors, écoutez.

Elles hochèrent la tête silencieusement, indiquant qu'elles étaient prêtes à faire tout ce qui était nécessaire pour battre leurs concurrentes — y compris leurs amies.

— Commençons par la partie beauté, dit Claire. Les juges seront à la recherche de fraîcheur, de féminité et de divertissement. Sarah, ça signifie que la seule chose qui devrait se trouver dans tes cheveux est un bon revitalisant. Aucun porte-bonheur et pas de gomme. Si quelque chose en tombe par accident, cela pourrait être désastreux pour ton pointage.

Sarah inscrivit toute l'information sur sa main.

— Oh, et assure-toi de laver ça, insista Claire.

— Mon tour !

Sari battit des mains.

Claire inspira pour trouver la force.

— Je te suggère d'acheter du volumateur de lèvres. C'est le concours Mademoiselle baiser et on jugera la marque de tes lèvres. Si on voit seulement ta lèvre inférieure et tes dents, ça jouera contre toi. Tu dois faire en sorte que ta lèvre supérieure soit apparente. Tu piges?

— Oui! Je vais acheter du Lip Venom et je vais y frotter du poivre parce que j'ai entendu dire que ça fait gonfler les lèvres. Peut-être que si je frotte mes dents inférieures contre ma lèvre durant, comme, les prochains jours, elle se gonflera et...

— Ça me semble être un bon plan, sourit Claire. Maintenant, Amandy.

Elle soupira en sachant que cette partie serait difficile.

— Je sais, je sais, je dois sécher mes cheveux.

Amandy enroula une mèche de cheveux humides autour de son doigt pâle.

— Ne t'inquiète pas, je me fais coiffer vendredi soir et je vais dormir assise.

— J'espère que ça nous permettra de mieux voir tes yeux, commença Claire en douceur. Ils sont si expressifs et ça influencera les juges.

— Vraiment?

Le visage d'Amandy s'illumina.

— Ouais, j'essaie seulement de voir comment nous pourrions les voir encore mieux. Peut-être avec du mascara ou de l'ombre à paupières.

Claire tapa son index contre sa lèvre.

— Pourquoi pas une épilation des sourcils? lança Sarah.

Sari éclata de rire.

— Qu'est-ce qui cloche avec mes sourcils?

Amandy les flatta comme s'ils étaient des chatons perdus.

— Rien, si ton nom est Bert et que tu es dans *Sesame Street*, plaisanta Sarah.

— Toute ma famille a des sourcils comme ça, geignit Amandy.

— Toute ma famille a *ça*, dit Sarah en pointant la petite bosse sur l'arête de son nez, mais je vais m'en débarrasser dès que j'aurai 21 ans.

Amandy jeta un regard aux yeux humides vers Claire, lui demandant silencieusement si c'était vrai. Avec compassion et gentillesse, Claire hocha lentement la tête.

— Il y a une esthéticienne au salon. Prends un rendez-vous lorsque tu te feras coiffer. Tu ne le regretteras pas.

— OK.

Amandy pencha la tête vers l'avant afin que ses cheveux recouvrent son visage.

— Je sais comment tu te sens, dit Claire en saisissant la main de son amie. Crois-moi.

Amandy tira sa main et replia ses bras velus sur sa poitrine. Claire décida de ne pas suggérer l'épilation de ses bras pour l'instant. Peut-être que, plus tard cette semaine, elle pourrait lui suggérer de porter une jolie robe aux manches longues.

Durant l'heure qui suivit, Claire tenta d'enseigner à Sari comment en venir à l'essentiel lorsqu'elle répondait aux questions éclair en la pinçant. À chaque seconde qui passait, elle resserrait son étau pour forcer Sari à répondre rapidement. Après plusieurs essais et l'apparition de mini ecchymoses à l'arrière de son bras, elle était capable de résumer sa plus grande crainte en cinq mots : « Les cuisses de ma mère. »

La partie sur la danse figurative démarra en douceur. Amandy réussit parfaitement à démontrer les effets du réchauffement climatique en caracolant joyeusement comme une biche amoureuse. Puis, alors que son pot-pourri de pièces classiques passa à un ton sombre et orageux, elle se mit à trépigner comme de la pluie acide, à s'agiter comme des marées et à étouffer comme les habitants innocents de la Terre. Enfin, elle vrilla vers la mort comme si elle se glissait d'un tire-bouchon géant. C'était une prestation digne d'un huit.

Ensuite, Sari aborda le sujet des jeunes pris avec une dépendance aux drogues et à l'alcool sur un pot-pourri de chansons de Britney Spears. Sa prestation commençait par *Stronger*, atteignait son apogée avec *Oops, I Did It Again* et se terminait par *Toxic*. Le numéro était bourré de bon nombre des mouvements classiques de Britney et aurait pu paraître comme rien de plus qu'un vidéoclip prolongé. Mais si on s'attardait réellement aux paroles, le numéro exposait les tristes conséquences de la dépendance aux drogues chimiques parmi les jeunes extrêmement privilégiés.

Finalement, Sarah prit sa place sur la moquette blanche à poil long. *Flight of the Bumblebee*, de Nikolai Rimsky-Korsakov, retentit du socle à iPod de Claire pendant que Sarah courait en cercle dans la pièce tout en battant ses bras. Après quelques tours de piste, elle devint étourdie et chancela vers les meubles. Puis, elle se mit sur le bout des orteils et leva ses mains au-dessus de sa tête, comme une petite ballerine jouant le rôle d'une fleur épanouie. Mais elle perdit l'équilibre et atterrit dans le lit AeroBed.

Claire arrêta la musique.

— Qu'est-ce que tu fais?

Sarah se stabilisa à l'aide de la tête de lit.

— J'interprète toute la crise liée aux abeilles. Elles meurent, vous savez. Et ceci affectera totalement nos réserves de nourriture et de fleurs.

— Euh, je pense que les scientifiques ont réglé ce problème, prétendit Claire.

— Sérieusement?

Sarah se leva, ses épaules s'affaissèrent devant la défaite.

— Comment vais-je apprendre un nouveau numéro d'ici samedi?

Claire regarda son ventilateur de plafond comme si elle y réfléchissait, même si elle avait trouvé la solution à ce problème, à 4 h ce matin-là.

— Je sais!

Elle regarda Sarah avec un espoir renouvelé.

— Pourquoi tu n'interprètes pas l'étude récente qui prétend qu'il y aura un important tremblement de terre en Californie au cours des 30 prochaines années?

— Comment puis-je faire ça?

Sarah tira un stylo de ses cheveux et le tint au-dessus de sa paume ouverte.

— C'est facile.

Claire saisit le stylo et le jeta par-dessus son épaule.

— Tu n'as qu'à trembler, à te secouer et à foncer dans les choses.

— En d'autres mots, siffla Amandy, sois toi-même.

— C'est facile, Bert!

— Arrête de m'appeler comme ça!

Amandy bondit du lit de Massie, prête à se battre.

Keu-laire... Keu-laire... Keu-laire...

Claire leva le couvercle de son téléphone cellulaire.

Massie : Suis à 5 minutes. Su-per magasin. J'ai dépensé 300 $ sur des magazines de mode européens. Tu è de retour ?

Quatre heures étaient déjà passées ?

Claire : Ouaip.

Elle referma le couvercle de son téléphone.

— Tout le monde dehors ! Lorna Crowley Brown est plus loin dans la rue et elle veut venir faire un tour.

— Pourquoi ?

Amandy jeta un coup d'œil à l'extérieur.

— Elle, euh, veut ajouter des pages à ma reliure.

— Et mon nouveau numéro ?

Sarah fit la moue.

— Tout va bien aller. Tu as une semaine pour t'exercer. Tu as un don inné.

— Tu peux le dire encore et encore, ricana Amandy.

— Pourquoi ? T'es *sourde* ? lança furieusement Sarah. Tes sourcils ont poussé dans tes oreilles ?

— Arrêtez ! cria Sari.

— Ce sont les paroles les plus courtes que tu n'aies jamais prononcées, lâcha Sarah.

Sari ouvrit la bouche pour répondre, mais Claire claqua sa main sur celle-ci.

— Tu essaies de faire enfler ma lèvre? marmonna Sari.

— Quoi? Non! insista Claire. J'essaie de vous empêcher de vous entretuer. C'est seulement un concours. Ça n'en vaut pas la peine.

Sari tira la main de Claire loin de sa bouche.

— Alors, pourquoi tu nous chasses?

Claire soupira : elle aurait aimé avoir une réplique rapide. Mais Massie serait là dans quelques minutes et la vérité aurait nécessité trop de temps. Elle ouvrit donc la porte et étreignit ses amies en guise d'au revoir comme si rien n'avait changé entre elles.

```
TOHO SQUARE
────────────
JOUR DU CONCOURS!!!!!
Le samedi 15 août
11 h 51
```

À l'extérieur, au centre de Toho Square, la chanson-thème vibrante de l'émission *American Idol* se mit à jouer dans la tête de Claire dès que Lorna l'escorta à la table rose des juges. Claire était assise à l'extrême gauche — ou encore du côté de Randy Jackson, comme Claire aimait le penser. Vonda Tillman, la grande éditrice bronzée du journal local, était assise dans le populaire siège du milieu anciennement occupé par Paula Abdul, et le trapu maire Reggie Hammond était installé à l'extrême droite, dans le style de Simon. Comme dans l'émission télévisée, les juges étaient placés au pied de la scène. Ils tenaient leurs stylos roses suspendus dans les airs, prêts à fracasser des rêves, pendant que les membres de l'auditoire pleins d'entrain agitaient des bannières derrière eux et qu'un quatuor à cordes jouait des pièces classiques calmantes, tirées du répertoire de la collection de CD Baby Einstein.

Mais malgré les tentatives des musiciens de calmer la tension montante, Claire pouvait entendre le claquement frénétique des chaussures tout sauf pratiques des concurrentes contre le bois alors qu'elles filaient derrière le rideau de velours rouge sang, tentant de parfaire leur numéro durant ces dernières minutes précédant l'heure du spectacle. Les membres de la presse, qui étaient amassés à la droite de Claire, ne faisaient qu'ajouter à la frénésie du concours. Claire pouvait sentir l'anticipation dégouliner de leurs corps pendant qu'ils armaient leurs appareils-photo, prêts à prendre des clichés dès l'éruption d'une potentielle bagarre de filles.

Ou était-ce de la sueur?

Au lever du soleil, il faisait déjà 30 °C. À présent qu'il était midi, il devait faire plus de 38 °C. Claire ne pouvait s'imaginer passer la matinée les cheveux sous un fer plat ou des rouleaux chauds, à tenter d'appliquer du maquillage sur son visage lisse et rouge ou à glisser ses pieds enflés dans des chaussures à talons aiguilles en cuir rigide. Elle ne pouvait pas non plus s'imaginer faire les cent pas en coulisse, à tenter de ne pas ronger ses ongles, en sachant que, dans quelques minutes, elle entrerait en concurrence avec ses meilleures amies.

Elle ne réaliserait jamais son fantasme d'être couronnée Mademoiselle baiser : et alors ? Le poste de juge était bien mieux. Elle portait une robe bain-de-soleil en coton blanc et des chaussures Keds, ses cheveux étaient noués dans une queue de cheval haute et il n'y avait rien d'autre sur son visage qu'une lotion FPS 30 et du brillant à lèvres pêche. Mieux que tout, elle était assise à côté d'un ventilateur de taille industrielle et elle pouvait relaxer tout en fraîcheur en sachant qu'à la fin de la journée, elle serait plus riche de 500 $.

— Il reste cinq minutes, annonça Lorna Crowley Brown à partir d'un podium du côté extrême gauche de la scène.

Le quatuor entama une dernière pièce appréciée dans les salons de thé pendant que la foule rugissait comme si elle se préparait à une joute.

— Veuillez gagner votre siège afin que nous puissions commencer, sourit Lorna avec excitation.

Ce jour-là, la pointe de ses cheveux noirs coupés au carré avait été retroussée vers l'extérieur pour former la lettre J. Ses cheveux bondissaient autour de son menton pendant qu'elle marchait en direction de Brenda et de Billy, les lecteurs de nouvelles d'une chaîne locale, pour les accueillir avec effusion.

— Quelqu'un a un mouchoir?

Le maire Reggie se pencha au-dessus de la table et souleva ses lunettes fumées. Ses yeux foncés débordaient de larmes.

— Des allergies? demanda Vonda en fouillant dans son sac-cadeau de Mademoiselle baiser.

Le maire Reggie gloussa et eut l'air légèrement gêné.

— Ce sont les émotions, je le crains. C'est ma dernière année à titre de juge.

— Pourquoi? lâcha Claire, sous le choc.

Il était un membre intégral du concours du plus loin que Claire pût se souvenir. Il était le Simon du concours. Sauf qu'il était gentil. Et chauve. Et États-Unien.

— L'été prochain, la nièce de mon meilleur ami sera assez âgée pour participer au concours, dit-il avec fierté. Je ne pense pas que je pourrais être impartial. Et ça ne serait pas juste pour les autres aspirantes, donc...

Il soupira et accepta le mouchoir froissé couleur menthe que lui tendait Vonda avec un sourire gracieux.

Claire avala difficilement — sa bouche avait le goût d'une pièce de 25 ¢. Si le maire savait comment s'était déroulée sa dernière semaine, il l'aurait chassée de la ville.

Mercredi, elle s'était rendue au Sephora avec SAS et les avait aidées à choisir du maquillage en insinuant qu'elles devraient s'acheter des fards de couleurs tropicales seulement, puisqu'il s'agissait des palettes de couleurs qu'on disait favorites des juges.

Jeudi, elle avait rencontré SAS chez Publix pour les aider à développer une démarche digne d'un huit. Et la veille, elle avait passé cinq heures à les préparer pour leur numéro de danse figurative dans l'entrepôt du restaurant du père de Sari.

Pour être juste, Claire avait offert les mêmes services (illégaux) à Massie, mais, dans un geste digne d'une véritable meneuse, elle avait refusé.

— Penses-tu vraiment que j'ai besoin d'aide pour battre ces filles? avait-elle demandé avec la plus grande sincérité. Ce n'est pas pour me vanter, mais c'est un peu comme demander à Gisele de participer à l'émission *America's Next Top Model* et lui demander si elle a besoin de conseils.

Massie avait raison, bien entendu, mais Claire savait que tant et aussi longtemps qu'elle insisterait pour porter du maquillage aux tons terreux et des robes de cocktail noires, la couronne était accessible à toutes.

— Ah-hem.

Lorna racla sa gorge dans le microphone à la manière d'une personne voulant faire taire la foule.

Claire mordit l'ongle de son petit doigt pendant qu'elle attendait que les acclamations passent au jacassement et que le jacassement s'atténue pour devenir une toux occasionnelle. Elle ignorait ce qui la rendait la plus nerveuse — ses amies ou ses ami*tiés*.

Enfin, la foule se fit silencieuse. Lorna leva le micro vers ses lèvres roses et adressa un grand sourire à l'auditoire. Une douce brise balaya la scène, mais les *J* de Lorna demeurèrent raides.

— Depuis 75 ans, le concours Mademoiselle baiser donne à des jeunes filles la possibilité d'exploiter leur potentiel et de participer à un concours amical et favorable. Tellement amical, en fait, qu'il a favorisé de nombreuses amitiés et...

Lorna prit une pause pendant que le public ricanait doucement devant ce discours très loin de la réalité.

— Eeeeet j'ai l'honneur de vous présenter la récolte de cette année. Un groupe de jeunes filles si raffinées, si talentueuses et si professionnelles que MTV a choisi de ne *pas* les inclure dans une série de téléréalité parce qu'il n'y aurait aucun drame.

Elle leva la main comme si elle témoignait au tribunal.

— Comme nombre d'entre vous le savent, le concours est divisé en trois parties. D'abord, nos 20 charmantes concurrentes grimperont sur la scène pour répondre à une série de questions éclair. Ensuite, il ne restera plus que cinq Baisers et...

— GO KYLEE! s'écria un homme en levant son poing dans les airs.

Un groupe à l'arrière se mit à scander : «Beth! Beth! Beth!»

— PEYTON EST LA MEILLEURE! hurla une femme à la permanente ratée.

— SUUUUUUUU-ZIIIIIE! beuglèrent des jeunes filles au premier rang.

Des cris stridents suivirent et, bientôt, tout l'auditoire brandissait ses pancartes faites maison, agitait des mains en mousse indiquant «Numéro un» et scandait le nom de leur concurrente Mademoiselle baiser préférée. Les membres de la presse tournèrent leurs appareils-photo vers la foule tapageuse et prirent des clichés.

— Et... et... et... et CES CINQ... tenta Lorna en clignant rapidement des yeux.

— VIVE Mademoiselle baiser!

— SIIIIILENCE!

Les joues de Lorna tremblèrent furieusement pendant qu'elle mugissait dans le microphone.

La foule devint immédiatement silencieuse et les mains en mousse retrouvèrent leur place sur les cuisses.

Lorna les remercia en leur adressa un rictus avant de lisser sa jupe comme si elle ne venait pas de crier comme une enseignante à la maternelle.

— Et ces cinq filles participeront à la partie de la « danse figurative ». Les trois chanceuses qui survivront à cette épreuve seront jugées sur leur beauté et leur style digne de Kissimmee! Et à la toute fin, nous obtiendrons notre nouvelle MADEMOISELLE BAISER!

Tout le monde applaudit, mais cette fois-ci, Lorna laissa faire la foule et sourit comme si les applaudissements lui étaient adressés.

— Sans plus de cérémonie, je vous présente nos 20 jeunes aspirantes!

Elle descendit de la scène en applaudissant pendant que le rideau rouge se levait.

Le quatuor se lança dans une version instrumentale de la pièce *Isn't She Lovely* de Stevie Wonder, et une file de filles vêtues de robes rouges assorties et d'écharpes annonçant Mademoiselle baiser apparurent. La majorité d'entre elles suaient déjà, mais parvinrent tout de même à projeter une image de joie pure comme si elles préféraient qu'il en soit ainsi.

Une nouvelle chanson commença et les filles se mirent à interpréter, avec de légères fausses notes, *What I Did for Love*, tirée de la comédie musicale à succès sur Broadway, *A Chorus Line*.

SAS étaient situées au milieu. Les folles boucles blondes de Sarah avaient été domptées dans une mini queue de cheval élégante, ce qui mettait en valeur ses pommettes hautes et son nez parfait. Sari avait dessiné une lèvre supérieure sur son visage et, de la table des juges, elle paraissait réelle. C'était difficile de repérer Amandy au premier abord, parce qu'une nouvelle longue frange recouvrait la moitié de ses paupières. D'abord, Claire fut surprise, car elles n'avaient jamais parlé d'une décision aussi dramatique. Mais sa frange attirait l'attention vers ses yeux d'un bleu profond et la rendait encore plus digne d'un huit qu'aurait pu l'imaginer Claire. Elle fit un clin d'œil en signe d'approbation auquel Amandy répondit pour la remercier. SAS avaient fait du bon travail et Claire était fière de les considérer comme ses meilleures amies floridiennes.

Mais ce fut Massie qui étonna Claire davantage. Elle se tenait à la toute fin de la file et avait l'air plus que ravie de porter la même robe en mélange de fibres de polyester rouge que les autres concurrentes. Elle n'avait ajouté aucune parure attirant le regard à sa tenue, ce qui permettait à son beau bronzage de faire tout le travail. Ses cheveux légèrement ondulés paraissaient très naturels et son maquillage — plusieurs couches de mascara Very Black et une touche d'ombre à paupières et de brillant à lèvres dorés — était minimal. Aux côtés de filles majoritairement blondes aux épaules brûlées par le soleil et à la coiffure relevée rigide, elle semblait détendue, confiante et étrangement passionnée par la comédie musicale.

We did what we had toooo dooooooooo.

Won't forget! Can't regret! What I did for love.

Claire prit une longue gorgée de sa limonade gratuite pendant que ses amies affichaient leur sourire de concours à pleines dents malgré la chaleur ardente. La boisson froide et acidulée éclaboussa le fond de sa gorge sèche et lui rappela, à nouveau, à quel point elle était soulagée de se trouver derrière la table des juges et non pas à poser devant. L'évaluation du public, la rivalité avec ses amies et la fausse confiance appartenaient à Westchester. Alors pourquoi ne pas profiter de sa position de pouvoir pendant qu'elle le pouvait? Elle sourit avec gaité lorsque la chanson d'ouverture se termina, et Lorna remit le microphone au maire.

— Merci, Lorna!

Lorsque Hammond lança la série de questions éclair, toutes les concurrentes le regardèrent avec un sourire plein d'attente.

À l'exception de quatre filles, qui refusaient de porter leur regard vers quelqu'un d'autre que Claire. Et soudain, même le ventilateur géant et la limonade ne purent empêcher Claire de ressentir le feu de la concurrence.

Le maire Reggie recouvrit son cuir chevelu brûlant d'un débardeur festif du concours MADEMOISELLE BAISER, pigé dans son sac-cadeau.

— Aaaaaah, soupira-t-il dans le microphone en souriant. C'est mieux.

Les filles sur la scène rigolèrent comme si elles regardaient un film mettant en vedette Will Ferrell. Claire devina que soit le maire plein de dignité avec un vêtement de coton strié de rose drapé autour de sa tête était dix fois plus hilarant vu de la scène, soit les concurrentes étaient plus que nerveuses à l'idée de la première partie.

— Laissez-moi commencer par vous dire que vous êtes ravissantes cet après-midi, amorça le maire Reggie.

L'auditoire applaudit poliment en signe d'approbation et les concurrentes sourirent en se tortillant.

— Bon, la première partie porte aussi le surnom de Baiser rapide. À tour de rôle, les juges vous poseront des questions éclair. Vous devrez faire de votre mieux pour y répondre rapidement et intelligemment. Comme Lorna l'a dit, les cinq meilleures d'entre vous passeront à la partie suivante.

Il pigea la première fiche de la pile rose située au centre de la table et jeta un regard sur la première question.

— Prêtes?

Les filles sourirent et hochèrent la tête à toute vitesse.

— La première question s'adresse à Gracie, dit le maire en lisant le nom au haut de la fiche.

L'auditoire applaudit pendant que la rouquine pleine d'entrain se déplaça vers l'avant de la scène.

— Gracie, dit-il d'un ton autoritaire, qu'espères-tu acquérir lors de ce concours?

La fille sourit comme si elle avait attendu toute sa vie pour répondre à cette question en particulier.

— Une expérience de vie, des amitiés qui dureront une éternité et au-delà, et l'honneur de représenter notre ville!

Elle leva son poing dans les airs. Le public répondit à son enthousiasme par des applaudissements à crever le plafond.

Vonda saisit la prochaine fiche de la pile.

— Beth?

Une fille trapue au physique d'une gymnaste, aux cheveux noirs courts et sans maquillage s'avança. Elle était aussi à l'opposé d'une participante type à un concours que l'héroïne de *Chère Betty*. En fait, selon la rumeur, elle aurait été retenue pour le concours parce qu'il n'y avait pas assez de participantes aux cheveux foncés et que l'association souhaitait qu'il y ait de la diversité.

Vonda racla sa gorge.

— Beth, quelle est la dernière activité culturelle à laquelle tu as participé?

— Facile. J'ai mangé un taco avec mon cousin à un kiosque mexicain.

Quelques personnes dans le public ricanèrent, mais Beth ne s'en soucia pas. Elle retourna vers le rang telle une fière soldate.

Vonda passa le microphone à Claire, qui, en évitant les yeux désespérés de ses amies, souleva une fiche rose de la pile.

Oh mon doux!

— May-sie, dit-elle, en prononçant incorrectement le nom de Massie intentionnellement pour soulever tout doute quant à leur amitié.

Massie s'avança, son menton levé, ses épaules ramenées vers l'arrière et sa mâchoire détendue.

Elle n'avait jamais participé à un concours ; vraiment ?

— Euh, OK, à, euh, quel moment une fille, euh, devient-elle une femme ? dit Claire à la fiche, trop nerveuse pour regarder Massie dans les yeux.

Ses aisselles se mirent à transpirer. Était-ce évident qu'elles se connaissaient ? Est-ce que quelqu'un réaliserait qu'elles partageaient actuellement la même chambre ? Et si Massie craquait ? Et si...

— Une fille devient une femme fière lorsqu'elle obtient sa propre Visa, lâcha Massie avec un sourire de fierté.

— Que vient-elle de dire ? demanda Vonda d'un ton sec en tenant sa main devant son cœur, sous le choc.

Claire haleta. Un murmure grandit autour d'elle.

— Un visa de *touriste*, renchérit Claire. J'aime ça. Une fille qui connaît l'importance du voyage.

Du coin de l'œil, elle vit Sari grimacer. Avait-elle des gaz ? Se sentait-elle faible ? Fâchée que Claire ait aidé...

Lorna saisit rapidement le microphone de la main de Claire et siffla :

— Je te prie de garder tes commentaires pour toi.

— Désolée, articula silencieusement Claire.

Elle positionna son corps légèrement plus près du ventilateur. Le jet d'air froid l'apaisa instantanément.

— La prochaine question est pour Amandy ! annonça Reggie rapidement dans une tentative évidente de passer à autre chose. Qui est la personne la plus populaire au monde, selon toi ?

Allez, Amandy... Dis quelque chose de bon...

Sur la scène, Amandy baissa la tête et replaça sa frange sur ses yeux.

Claire joignit ses mains sous la table. *Ne te tracasse pas... Réponds seulement à la question...*

Comme si elle avait capté cet appel télépathique, Amandy leva la tête.

— Dieu. Dieu est la personne la plus populaire au monde.

Claire expira pendant que le public applaudissait. Lorna fit un signe aux juges leur intimant d'accélérer le processus.

En hochant la tête vers Lorna, Vonda pigea une fiche.

— Caryn, quelle est la meilleure qualité que les parents peuvent transmettre à leurs enfants ?

— La nourriture!

Caryn envoya la main à sa maman bronzée fois dix avant de regagner le rang.

— Merci, Caryn.

Vonda passa le micro à Claire pendant que la maman de Caryn applaudissait fort de la troisième rangée.

Claire fit la moue devant sa fiche et fit semblant qu'elle n'avait pas vu Sari grimacer à nouveau.

— Nina, quel est le plus grand problème lié à l'éducation aujourd'hui?

Une paire de bonnets D bondit vers l'avant.

— Les devoirs le week-end.

L'auditoire rugit son approbation pendant que Nina et ses seins bondissaient vers le rang.

Reggie racla sa gorge et essuyant son front perlé de sueur avec le chemisier rose.

— Wendi, que veux-tu faire dans la vie?

— Mener la guerre contre la terreur. Et gagner!

Un sourire aux dents à l'avant plus tard et elle était de retour dans le rang de Mademoiselle baiser.

— Sarah, dit Vonda en glissant une mèche de cheveux derrière son oreille.

Claire croisa les doigts et prit une gorgée de limonade.

— Quel objectif as-tu récemment atteint ?

Sarah caressa fièrement son crâne de la main.

— J'ai réussi à ramener mes cheveux fous dans une queue de cheval lisse.

Tout le monde rit, même Vonda.

— Deena, lut Claire, en s'efforçant de ne pas remarquer Sari tripoter l'arrière de sa robe. Euh, quel est le plus gros problème auquel les jeunes font face aujourd'hui ?

Deena parcourut la foule de ses yeux verts comme des pois, pencha la tête sur le côté et posa les mains sur ses hanches minces

— Les belles-mères qui pensent qu'en m'amenant magasiner un après-midi, elles compenseront pour le fait que *tu as volé mon père* !

Une femme près de l'arrière haleta. Claire fit tourner son fauteuil de juge au moment où plusieurs personnes se levaient pour permettre à une rousse en larmes et un homme au visage pourpre de passer.

— Sari, annonça rapidement Reggie, en tirant sur son lobe d'oreille pendant. Nomme la chose que tu aimerais changer chez toi.

Claire croisa les jambes, puis les décroisa. Elle s'assit sur ses mains. Puis elle envoya des messages télépathiques à son amie fana du babillage : *Garde ta réponse courte, Sari… Garde ta réponse courte, Sari… Garde ta réponse courte, Sari…*

Sari s'avança : son expression était tendue comme si elle retenait un caca ou qu'elle s'apprêtait à accoucher ou...

— Ahhhhhhhhhhhhhhhhhhhhhhh!

Elle frappa son dos et se tortilla comme un thon capturé.

— Faites-le sortir!

En un instant, Amandy plongea les mains dans la robe de Sari et lança furieusement une chose bosselée sur le sol. Un crabe convulsif atterrit dans un bruit sec avant de s'attaquer à ses pieds.

— Espèce de bibitte!

Sari lui donna un coup de pied, ce qui le propulsa directement sur le mollet gauche de Jilly Liper.

— Aïïïïïe! cria-t-elle en retirant le crabe de sa jambe saignante avant de le jeter aveuglement par-dessus son épaule... où il s'agrippa à la joue d'Annie Laramie, de laquelle il pendit comme un alpiniste tombé, se balançant et s'accrochant à la vie.

— Oh mon doux!

— À qui appartient ce crabe?!

— Je suis allergique aux crustacés!

— Est-il... *possédé*?

Soudain, tout Toho Square éclata dans un chaos provoqué par le crabe. Claire était figée sur son fauteuil, horrifiée. Massie avait battu en retraite dans une zone libre de crabe à la gauche de la scène, d'où elle riait hystériquement tout en prenant des photos à l'aide de son iPhone. Des auxiliaires médicaux et des parents se ruèrent sur la scène pendant que le crabe aux instincts meurtriers se déplaçait d'une concurrente hurlante et agitée à l'autre, pinçant quiconque se tenait sur son chemin.

— Jaws !

Le père de Sari se fraya un chemin dans le grabuge et tira le crustacé de la cuisse de Lida Rosen.

— Jaws, qu'est-ce que tu fais ici ?

Il serra le crabe, puis sa fille, en caressant les pinces de Jaws de façon apaisante. À la vue de Joe, Jaws se détendit — et Sari pleura.

— À quoi as-tu pensé ?

Joe posa Jaws sur son épaule et jeta un regard noir vers Sari.

Elle frotta en pleurnichant son dos pincé, sa lèvre supérieure camouflée par une vague de larmes salées.

— Un pincement me fait répondre plus rapidement, hoqueta-t-elle. Alors je me suis demandé « comment puis-je me faire pincer au concours ? » parce que ça serait super utile. Alors, j'ai pensé à Jaws et j'ai décidé de l'emprunter au restaurant en me disant qu'il allait m'aider...

Elle s'arrêta et sanglota.

— Oh, papa, je ne parviendrai jamais à la partie sur la danse.

Elle enfouit son visage dans son t-shirt blanc Hanes for Him et brailla. Son père caressa sa tête d'une main et tint Jaws à une distance sécuritaire de l'autre.

— Tout le monde, regagnez vos sièges.

Lorna tapa avec force sur le microphone.

— Le crustacé a été capturé. Nos Baisers seront de retour dès que le sang sera sec et que les pointages seront comptabilisés.

Elle se dirigea alors vers Sari en lui lançant un regard mortel qui froissait son visage bronzé. L'estomac de Claire tomba au même moment que le rideau en velours rouge, protégeant les concurrentes du public ricaneur et des appareils-photo en marche.

Plus que tout, Claire aurait voulu courir vers les coulisses pour voir comment ses amies allaient. Mais elle était obligée de rester avec les juges et de se demander *comment* une fille a bien pu penser que de se faire pincer durant la série de questions éclair était une idée rationnelle.

Serrement de gorge.

Vingt minutes plus tard, Lorna regagna le podium pour s'adresser à une foule réduite.

— Nous avons calculé les pointages. Les finalistes ont été choisies. Et voici les 5 filles qui n'ont pas été blessées *et* qui ont obtenu au moins 25 points sur 30 lors de la première partie.

— Go Gracie !

— Jillyyyyyyy !

— Donne-moi un baiser, Caryn !

Le rideau en velours rouge se leva. Gracie, Sarah, Wendi, Amandy, Massie (et *Bean* !) se tenaient en demi-cercle, chacune vêtue d'un costume correspondant au problème international qu'elle avait choisi.

Elles sourirent avec grâce sous les applaudissements de l'auditoire qui admirait leur endurance.

Le cœur de Claire se serra quand elle songea à Sari, qui était probablement en coulisse, couverte de Neosporin et de marques de pince, pleurant la fin de sa courte carrière dans les concours de beauté. Mais elle fut réconfortée à l'idée que les huit qu'elle avait donnés à SAM leur avaient permis d'accéder à la prochaine partie.

Lorsque les applaudissements cessèrent, Lorna sourit, révélant une tache de rouge à lèvres Paradise Pink sur sa canine supérieure gauche.

— Gracie, avance, je te prie, et partage le problème international que tu as choisi avec nous.

L'élégante rouquine, vêtue d'un collant couleur chair recouvrant tout son corps, s'avança.

— Le problème que j'ai choisi est l'obésité en Amérique.

Elle baissa la tête et attendit les premières notes de la musique.

Soudain, le craquement de croustilles grésilla dans les haut-parleurs. Puis, vint le son d'un soda bu à grand bruit. Bientôt, les sons de bave, de gavage et de lèchements de doigts produits par une personne qui engouffre de la bouffe graisseuse fusionnèrent avec un battement rythmique. Gracie gonfla son ventre et ses joues et se déplaça vers la gauche dans des pas de ballet-jazz. Durant une gorgée particulièrement bruyante, elle s'arrêta au milieu d'une enjambée dans une tentative exagérée de reprendre son souffle.

Claire jeta un coup d'œil vers le public — dont un grand nombre aimait manifestement manger de la malbouffe —, mais la majorité d'entre eux étaient penchés vers l'avant et hochaient la tête pensivement comme si, eux aussi, détestaient la restauration rapide avec une détermination enflammée.

Sur la scène, Gracie rompit en une séquence énergique de hip-hop. Après un mouvement de hip-hop malheureux, elle s'arrêta et posa deux doigts sur son poignet pour vérifier son pouls. Les sons de gloutonnerie devinrent plus bruyants et ses éclats d'énergie d'écourtèrent jusqu'à ce que, finalement, elle s'écroule sur le sol en une masse ballonnée.

Après trois saluts, plusieurs révérences et des applaudissements dispersés, Gracie libéra la place pour Sarah.

— Le problème que j'ai choisi est un tremblement de terre qui surviendra en Californie d'ici 30 ans, selon les scientifiques.

Elle souleva deux poignées de boue qu'elle étala sur son survêtement Danskin blanc.

Well, shake it up baby now...

Dès les premières notes de *Twist and Shout* des Beatles, Sarah se secoua. Ce numéro ne comprenait aucune montée, même si Claire l'avait encouragée à en préparer une. Aucun moment de tranquillité *avant* que le désastre ne frappe. Elle se contenta de battre l'air d'un côté à l'autre de la scène comme si on l'avait remplie de Red Bull et qu'on l'avait jetée dans le bain de foule le plus près pour qu'elle dépense son énergie supplémentaire.

Sous le coup du stress, Claire mordit sa lèvre inférieure. Comment pourrait-elle convaincre le maire Reggie et Vonda que cette prestation était digne d'un huit?

Après plusieurs rotations spasmodiques autour de la scène, Sarah tomba sur le sol et se tordit dans des mouvements convulsifs.

La foule haleta en un souffle et Claire combattit les tremblements nerveux dans son estomac.

La voix familière d'une femme préoccupée s'éleva au-dessus de la musique.

— Je pense qu'elle est blessée.

La mère de Sarah se leva dans la deuxième rangée.

— Auxiliaires!

Quelques secondes plus tard, la même équipe qui s'était précipitée sur la scène pour secourir les filles des pinces de Jaws grimpa sur la scène pour sauver Sarah d'elle-même.

— Qu'est-ce que vous faites? cria-t-elle avant qu'ils la maîtrisent et qu'ils glissent un bâton dans sa bouche. Euh ais ien! essaya-t-elle de dire, mais ils ne crurent pas qu'elle allait *bien* et ils la traînèrent hors de la scène malgré ses cris et ses coups.

Lorna fit signe au technicien de son d'arrêter la musique, et *Twist and Shout* se termina au beau milieu d'un couplet.

Claire lança un regard chargé d'inquiétude vers Amandy, mais le sourire de soulagement d'Amandy suggérait qu'elle était loin d'être affolée face à l'élimination soudaine de sa rivale/meilleure amie.

Pendant ce temps, le maire Reggie fit un signe de tête vers Wendi pour la prier d'entrer en scène afin de meubler ce moment de malaise.

— Le problème que j'ai choisi est le terrorisme.

Wendi fit un pas à l'avant, vêtue d'une minijupe à motif camouflage, d'un débardeur à dos nageur assorti et de chaussures plateformes de huit centimètres. Elle avait enduit ses longs membres d'huile de bronzage, appliqué un maquillage cendré sur ses yeux et ébouriffé ses cheveux à l'image de Pamela Anderson.

— Veut-elle combattre les terroristes ou les séduire? marmonna Vonda.

Claire et Reggie ricanèrent.

Sans aucune musique, mais avec quelques grognements et des « hay-ah », Wendi se lança dans une série de coups de pied de karaté qui ne prouveraient qu'une chose à l'ennemi : Wendi préférait le string à la couverture complète offerte par la culotte.

Claire entendit Todd pousser des cris extra forts avant que Judi ne couvre ses yeux et ne l'intime de se taire.

Amandy et sa nouvelle frange flatteuse étaient les prochaines. Elle parvint à toucher la foule avant son portrait magnifique du réchauffement planétaire. Sa prestation méritait un huit, voire même un neuf.

Massie fut la dernière à occuper le devant de la scène. Vêtue d'une robe tube blanche et serrée, rapiécée à l'aide de plusieurs t-shirts PETA, elle s'avança avec grâce et confiance. Au son d'un claquement de doigts, Bean surgit des coulisses et bondit dans ses bras.

— Le problème que j'ai choisi est l'essai de maquillage sur les animaux, annonça Massie.

Bean jappa une fois.

— *Ahhhhhhhhh* ! s'écria la foule tout en applaudissant en signe d'approbation.

Même si Claire était autant sous le charme que le reste de l'auditoire, une partie d'elle était terrifiée comme si elle défilait une pente sur un vélo sans freins. Le moment où elle devrait choisir entre ses amies approchait rapidement. La prestation de Massie *devait* être au moins égale à celle d'Amandy.

Massie claqua à nouveau ses doigts et le vieux succès de Pink, *Get the Party Started*, retentit des haut-parleurs.

Get this party started on a Saturday night
Everybody's waiting for me to arrive

Massie « emprunta » quelques pas de danse moderne du numéro de jazz d'Alicia (Dieu sait qu'Alicia l'avait présenté des milliards de fois au Comité beauté) et les esquissa parfaitement pendant que Bean trottinait à ses pieds. Une minute plus tard, elle s'arrêta devant un miroir imaginaire et fit semblant de mettre du maquillage.

Pendant que Massie faisait semblant d'appliquer du fard à paupières invisible, Bean se figea soudainement et poussa un jappement de souffrance. Pendant qu'elle appliquait du fard à joues, Bean s'écroula. Et après une dernière touche de mascara, Bean se retourna sur le dos et fit semblant d'être morte.

— Non! haleta l'auditoire.

Une fillette de sept ans vêtue d'un costume de princesse se mit à renifler, mais Massie, bien ancrée dans son personnage, demeura complètement inconsciente de la carcasse de l'animal. Elle s'éloigna de la scène du crime en dansant telle une fille étourdie qui avait hâte de rencontrer ses amies pour une sortie en ville.

La musique s'arrêta et Bean demeura étendue au centre de la scène, ses pattes raides pointant vers les cieux. Après un temps, tout le monde applaudit. Quelques-uns essuyèrent leurs yeux. Puis, la foule se leva pour donner à la prestation PETA l'ovation qu'elle méritait.

Claire se leva aussi, ses dents serrées sous le coup de la fierté.

Après le décompte des pointages donnés pour la partie sur les problèmes, et une fois que la foule se tut à nouveau, Lorna se pencha vers le microphone.

— C'est maintenant le moment de la partie beauté, la troisième et dernière étape de notre concours. Nos juges chercheront des filles qui représentent l'innocence, la grâce et le raffinement. Je vous présente les trois Baisers restants...

À mesure que le rideau se leva, l'auditoire émit un soupir approbateur. Personne ne semblait étonné de voir Amandy, Gracie et Massie souriant gracieusement dans leur tenue de soirée, à l'exception de Claire, qui cracha pratiquement sa limonade. Pour une raison qu'elle ignorait,

Amandy portait la robe cocktail noire ajustée signée Geren Ford dont Massie était tombée amoureuse au Saks... Et Massie portait la robe vieux rose à trois couches de la marque Theory que Claire avait choisie pour elle.

Que se passait-il ? À l'intérieur de Claire se forma un champ de bataille d'émotions, et chacune d'entre elles se battait pour être entendue. Une partie d'elle était honorée fois dix que Massie ait suivi son conseil. Mais une autre partie était horrifiée qu'on ait manipulé Amandy pour lui faire porter une tenue qui faisait en sorte que Vonda et Reggie se tortillent d'inconfort sur leurs sièges. À Kissimmee, cette robe était loin de mériter un huit.

Claire essuya ses paumes moites sur sa robe. Tout ce qu'elle pouvait faire était d'espérer que Gracie s'enchevêtre dans sa robe de tulle jaune comme un œuf de Pâques et se fracasse contre le quatuor à cordes. Mais pas de chance. Elle parcourut la scène avec la grâce d'une girafe et ses boucles rousses bondirent au rythme régulier du battement de cœur d'une gagnante de concours qui savait qu'elle avait devant elle une éternité passée à porter des écharpes et des diadèmes.

Le stress sembla faire grimper la température de cinq degrés. Claire accrocha le manche du ventilateur à l'aide de son pied chaussé d'un Ked pour le rapprocher d'elle tout en prenant des inspirations enflammées pour se calmer.

Amandy suivit Gracie d'un bout à l'autre de la scène, au rythme des murmures désapprobateurs. Ses cheveux foncés, sa longue frange et sa robe noire lui donnaient l'allure d'une fille pour qui ruer de coups de pied les gagnantes de Mademoiselle baiser était un exercice cardiovasculaire.

Claire tira le ventilateur plus près à l'aide de ses orteils, mais soudain, il s'accrocha dans le plancher de la scène. Son corps rotatif se verrouilla en position fixe et commença à souffler de l'air directement vers la scène... directement vers Amandy. Alors qu'elle s'arrêtait sur le bord pour prendre une pause obligatoire de trois secondes, une bouffée géante de vent souffla droit sur son visage. En un instant, sa frange se souleva de son front, révélant des croûtes géantes là où il y avait auparavant des sourcils.

Ouf!

Les mains d'Amandy se levèrent vers son front.

— Extraterrestre!
— Maman, qu'est-ce qu'elle a?
— Oh mon doux!

Claire se pencha rapidement pour replacer le ventilateur. Mais il était trop tard. Plusieurs enfants crièrent. Vonda s'étouffa dans sa limonade et, horrifié, le maire Reggie se détourna.

— Merci beaucoup! cria Amandy à Claire avant de terminer sa démarche de beauté à toute vitesse.

Les intestins de Claire oscillèrent comme le ventilateur. Même si le désastre avait été causé par un accident, la culpabilité s'empara de son cou et se mit à le tordre.

Pendant que Massie éblouissait la foule avec une confiance détendue et une jolie robe rose, Amandy tentait d'essuyer le mascara noir qui coulait sur ses joues. La scène méritait un huit.

Un huit négatif, pour tout dire.

TOHO SQUARE

___

CENTRE-VILLE HISTORIQUE
DE KISSIMMEE
Le samedi 15 août
14 h 37

L'auditoire fourmillait nerveusement pendant que la presse interviewait les rejets. Les seules personnes toujours assises étaient les trois juges.

Lorna se tenait devant leur table et agitait sa planchette à pince en lucite rouge devant son visage pour rafraîchir son front luisant.

— C'était toute une partie, murmura-t-elle en ricanant aux juges avant de reprendre immédiatement son sang-froid. À présent, si chacun d'entre vous pouvait écrire le nom de la fille qui représente le mieux l'esprit de Mademoiselle baiser et le déposer ici.

Elle secoua une boîte de chaussures vide qui avait été recouverte de papier d'aluminium.

— Ainsi, nous pourrons tous regagner nos maisons et nos airs conditionnés.

— Pas de numéros? marmonna Claire.

— Non. Cette partie du concours est intransigeante, expliqua Reggie en resserrant le t-shirt
autour de sa tête.

Claire cogna un crayon-feutre Sharpie contre
ses dents avant et fixa le rideau de velours rouge.
Elle avait seulement planifié donner des huit.
Elle n'avait aucune stratégie pour une partie
«intransigeante».

Massie était manifestement meilleure
qu'Amandy. Même chose pour Gracie. Mais ce
titre était le rêve d'Amandy depuis le jour où
Claire et elle s'étaient rencontrées. Par contre, si
elle votait pour Amandy, Lorna aurait des soup-
çons. En tenant compte de la robe, des croûtes
et des sanglots, il était impossible de justifier
de la classer devant les deux autres... *Ah!* Comment pouvait-elle se montrer *juste* dans cette
situation?

Avec certitude, le maire Reggie et Vonda
déposèrent leur morceau de papier froissé dans
la boîte à chaussures argentée. Puis, ils la glissèrent vers Claire.

— Pas évident, tenta Claire.

Mais ils la regardèrent comme si c'était tout
le contraire de la réalité.

Alors, dans le feu de l'action, et au nom de
la justice, Claire fit finalement son choix pour

le titre de Mademoiselle baiser. Elle ferma les yeux, ravala à la recherche de son courage avant d'écrire GRACIE en grosses lettres au feutre noir Sharpie et de fourrer le morceau de papier dans la boîte.

Soudain, le téléphone de Claire vibra.

Amandy : Tu ne viens pas de faire ça !

Claire se tourna vivement et aperçut SAS derrière elle, chacune portant une expression de colère identique sur son visage. Ses paumes devinrent moites. Plus que tout, elle voulait leur expliquer à quel point elle avait essayé de les aider. À quel point elle voulait qu'elles gagnent. À quel point elle détestait devoir choisir. Mais elle était coincée à la table des juges, sous la loupe de Vonda, de Reggie et de Lorna, obligée d'agir comme un robot impartial pendant que ses trois meilleures amies floridiennes se donnaient le bras et s'éloignaient comme un Range Rover rugissant.

— Merci, chers juges. Je vous reverrai au couronnement !

Lorna sourit comme si elle n'était pas grincheuse et trempée, et elle traversa la scène.

Alors que Reggie et Vonda se levaient pour faire leurs au revoir, une boule sèche se forma dans la gorge de Claire — une boule que la limonade ne satisferait pas. Le souffle court, Claire commença à composer un message texte de ses mains tremblantes.

> J'ai essayé de vs aider également, je le jure... Des 8 tte la journée... Notre chiffre chanceux ! Voter pr Gracie è la seule chose juste que je puisse faire.

Alors qu'elle attendait anxieusement une réponse, Claire fouilla la foule du regard à la recherche de Massie, en se demandant si SAS lui avaient annoncé la nouvelle et en priant qu'elles ne l'aient pas fait. Ses yeux tombèrent finalement sur Massie, qui saluait ses admirateurs. Même si elles le lui avaient dit, la meneuse semblait loin d'être préoccupée alors que Bean et elle prenaient la pose pour permettre à la presse et à une foule d'admirateurs de prendre des photos.

Claire bondit lorsque son téléphone vibra bruyamment sur la table.

> Amandy : Était-ce juste « d'aider » Sari en lui disant de se pincer ? Ou de dire à Sarah de danser comme 1 ouragan ? Ou de me dire de faire arracher mes sourcils avec de la cire brûlante ? Admets-le. Tu voulais qu'on perde pour que TA meilleure amie Massie gagne.
> Claire : J'essayais de vs aider ! ! ! ! ! !

Claire essuya les larmes dans ses yeux, espérant que SAS pouvaient la voir. Peut-être que là, elles sauraient à quel point elles avaient tort.

Mais il était trop tard.

Au loin, Amandy montrait à Lorna les messages textes qu'elle venait de recevoir.

Instantanément, Lorna fixa son regard sur Claire. Elle allongea son cou, se pencha légèrement et, comme un taureau sauvage, chargea droit vers elle.

— Est-ce vrai?

Elle agita le téléphone cellulaire d'Amandy devant les yeux bleus humides de Claire.

Les membres de la presse s'assemblèrent. Puis d'autres Baisers. Et enfin, Massie.

— As-tu *arrangé* les résultats du concours?

Ses joues étaient rouges et ses pointes en J s'étaient aplanies en I.

— Euh, non? tenta Claire.

— Alors, explique-moi *ceci*.

Lorna commença à lire le message texte pendant que les membres de la presse griffonnaient ses mots sur le verso de leurs programmes.

La foule haleta et Bean jappa bruyamment lorsque Lorna lut le passage à propos de Massie.

— Ton métier de juge est *terminé*, Mademoiselle Lyons.

Lorna déchira le chèque d'appointements de Claire au bénéfice des appareils-photo.

— Tout comme ta carrière au cinéma.

— Mais, tenta Claire, alors qu'une grosse bulle de salive sortit de sa bouche plutôt que tous les bons mots.

Le maire Reggie, Vonda et le reste de la foule jetèrent un regard noir à Claire comme si elle venait d'uriner dans une piscine publique. Des larmes coulèrent le long de ses joues. Non seulement avait-elle perdu ses amies et son chèque, mais en plus, elle avait perdu tout espoir. C'était la dernière fois qu'elle faisait quoi que ce soit pour quelqu'un d'autre.

La seule qui semblait l'apprécier était Gracie, qui ne paraissait pas réaliser que, sans le vote de Claire, il y avait égalité. Et une égalité signifiait que l'auditoire du bal de couronnement de Mademoiselle baiser le soir suivant choisirait la gagnante. Non, Gracie n'avait pas encore saisi ce fait. Parce qu'elle remerciait Claire en la serrant si fort que le tulle irritant de sa robe jaune forma une grosse marque rouge en forme de L au centre du front de Claire.

Personne ne prononça une parole durant le trajet en voiture en direction de la maison. Pas même Todd. Aucune remontrance sur la justice et l'honnêteté. Aucune question à savoir à quoi pensait Claire. Aucune suggestion sur la façon de renouer ses amitiés. Tout le monde se concentra sur le CD de Carrie Underwood que Judi avait reçu à la fête des Mères et laissa Claire pleurer en paix.

Lorsqu'ils arrivèrent à la maison, la limousine de Massie était déjà garée dans la cour. Jay marmonna quelque chose à sa femme avant de se garer dans la rue.

Savoir que Massie était à la maison provoquait chez Claire le même genre d'anxiété qui la gagnait quand quelqu'un lui disait qu'il avait une surprise pour elle. Comme si quelque chose de dangereux rôdait dans les parages...

— On dîne dans une heure, annonça Judi lorsqu'ils pénétrèrent dans la maison climatisée.

Tout le monde hocha la tête avant de se séparer.

Claire se tint seule dans le vestibule et soupira. Était-ce son imagination ou est-ce que le mobilier en osier blanc de l'entrée semblait déçu d'elle, lui aussi?

Las et le cœur gros, elle gravit les marches tapissées d'une moquette pêche comme si elle était sous l'eau. Elle avait hâte de s'effondrer sur le lit AeroBed et de documenter sa tristesse par une série d'autoportraits qu'elle appellerait «Baiser de Judas!»

Lorsqu'elle atteignit le deuxième étage, elle pleura à nouveau à la vue de la porte de sa chambre. Avec ses vieux autocollants Hello Kitty, elle lui rappelait de meilleurs jours. Une époque plus simple. Une époque remplie de rires innocents partagés par quatre meilleures amies dont la pensée était unique.

Claire rassembla ses forces et colla l'oreille contre un autocollant Hello Kitty tropical, mais elle n'entendit rien. Peut-être que Massie n'était pas à la maison. Ou peut-être qu'elle était couchée sur le lit en train d'écouter un épisode de

Gossip Girl sur son iPod, prête à rire à propos de toute l'affaire. Après tout, une semaine plus tôt, elle n'avait jamais entendu parler du concours Mademoiselle baiser.

Claire posa la main sur la poignée. C'était maintenant ou...

VERROUILLÉE!

— Massie? dit-elle en remuant la poignée.

— Va-t'en! lança Massie.

En un instant, la tristesse de Claire se transforma en colère, comme si elle passait à une autre piste dans une liste de chansons.

— C'est *ma* chambre!

— Tu me voles, je te vole en retour.

— Qu'est-ce que je t'ai volé? cria Claire à un Kitty en tenue de plongée sous-marine.

— J'étais la meilleure, insista Massie de l'autre côté de la porte. J'aurais dû gagner.

Claire donna un coup de pied à Kitty disco avec son Ked.

— Laisse-moi entrer et je t'expliquerai tout!

— Expliquer quoi? demanda Massie en entrouvrant la porte — la chambre de Claire était recouverte de vêtements. Pourquoi tu m'as trahie?

La meneuse portait un peignoir en satin noir et son visage était couvert d'un masque de boue vert. Tout ce qui lui manquait était un balai et...

— Mon doux, je n'ai *rien* à porter pour le bal de demain !

Elle donna un coup de pied à une robe Valentino rouge qui atterrit accidentellement sur le lit de Bean. La chienne s'éveilla en sursaut, jeta un regard à la ronde avant de se rouler en boule et d'enfouir sa tête dans la mousseline.

— Qu'est-ce que tu veux dire ? Il y a des vêtements partout, souligna Claire, heureuse de changer de sujet.

Elle pouvait entendre sa mère s'affairer dans la cuisine en bas.

— Ces vêtements sont faits pour des *gagnantes*, Keu-laire.

Massie ramassa un chemisier Marni pourpre et le jeta par-dessus sa tête.

— Beurk !

— Mais tu *es* une gagnante, dit Claire en enjambant un sac Marc Jacobs vert mousse pour entrer dans sa chambre.

Massie s'arrêta et regarda Claire de ses yeux ambre pleins de rage.

— Et si je perds le vote de l'auditoire ? Alors, je serai numéro deux. Et je ne sais pas ce que ça porte, une numéro deux.

Elle croisa les bras sur sa poitrine et ouvrit la bouche, qui commençait à se figer en raison du masque.

— Des conseils?

— Massie, je suis désolée.

Claire regarda sa moquette blanche à poil long pour adjurer à la sensation de brûlure derrière ses yeux de s'en aller.

— De quoi? D'avoir voté pour une étrangère qui portait du jaune? Ou de m'avoir dit que tu travaillais toute la semaine alors que tu aidais tes *vraies* amies.

L'estomac de Claire fit un flip.

— Comment sais-tu ça?

Massie attrapa une poignée de billets de 100$ sur sa table de chevet.

— Benjamin ici a soutiré cette information de ton frère[*].

Claire avait l'impression de tomber d'une falaise pendant que tous ceux qu'elle connaissait se penchaient sur le bord pour lui dire au revoir en agitant joyeusement la main.

— J'essayais de...

— Eh bien, peu importe ce que tu *essayais* de faire, ça n'a pas marché, cracha Massie de ses lèvres serrées. À moins que ton but était de laisser Gracie gagner.

La colère monta en Claire.

— Pourquoi es-tu si fâchée? s'entendit-elle crier. Tu n'habites même pas ici. Tu ne rêves

[*]N. d. T.: On fait ici référence à Benjamin Franklin, que l'on retrouve représenté sur les billets de 100$, aux États-Unis.

pas à ce concours depuis que tu es petite. Tu ne savais même pas qu'il existait avant d'arriver ici sans prévenir.

Massie ouvrit la bouche. De petites fissures apparurent à la surface de son masque.

— Je suis fâchée, Keu-laire, parce que j'ai-pris-l'avion-pour-venir-ici-après-que-mes-parents-m'ont-laissé-tomber-pour-faire-une-stupide-croisière-européenne-et-quand-je-suis-arrivée-ici-une-bande-de-filles-locales-sales-pillaient-mes-vêtements-puis-tu-m'as-menti-et-tu-m'as-laissé-tomber-toute-la-semaine-pour-passer-du-temps-avec-elles-puis-tu-as-voté-pour-Gracie!

Claire arrêta de respirer pendant une minute.

Elle oublia complètement SAS et le concours et Gracie et le chiffre huit. Massie ne lui avait jamais fait part de ses sentiments de cette façon auparavant. Même si elle avait désigné les amies de Claire sous le nom de «filles locales sales», sa confession était plus rare qu'un 29 février en plus d'être touchante fois dix.

Claire posa une main sympathisante sur l'épaule couverte d'un peignoir de Massie. Elle ne pouvait pas s'imaginer ses parents la laissant se débrouiller toute seule pendant qu'ils faisaient une virée autour de la Méditerranée.

— Tes parents t'ont vraiment laissé tomber?

Massie gigota sous la poigne de Claire.

— T'énerves pas, Dr Phil. Ils m'ont acheté un billet. Je ne voulais pas y aller.

— Oh.

La compassion de Claire refoula comme un ruban à mesurer rétractable.

— J'essayais seulement d'être une bonne amie.

— Comme si tu savais ce que ça veut dire, marmonna Massie en serrant la ceinture autour de sa taille.

Les yeux de Claire se remplirent de larmes. Elle aurait voulu courir vers le réconfort de son lit, mais il avait été pris d'assaut par Massie et Bean. Alors elle fit les cent pas en évitant les vêtements de grands couturiers minant le sol comme s'il s'agissait d'une zone de guerre.

— En passant, la seule raison pour laquelle j'ai accepté d'être juge était pour obtenir le chèque et acheter les vêtements inscrits sur ta stupide liste de la rentrée scolaire! Mais pourquoi? Pour remplacer mes Keds par des Kors? Mon doux, je ne sais même pas si j'aime Mitchell Kors.

— *Michael*, marmonna Massie à travers son masque durci.

Claire passa par-dessus une chaussure à talon plat Louboutin.

— Je n'ai aucune idée de *ce* que j'aime. De qui j'aime. De ce que je veux porter. De qui je suis!

Elle tira ses cheveux blonds en signe de frustration.

— Ajoute deux O, un S, un E et un R au L sur ton front, et tu sauras qui tu es.

Massie s'assit aux côtés de Bean et flatta ses oreilles soyeuses.

Claire lui adressa un rictus :

— Je te l'ai déjà dit : j'essayais seulement d'être une bonne amie.

Sa voix était un peu plus calme à présent.

— L'amie de qui ? demanda Massie d'une bouche qui bougeait à peine, comme une ventriloque. De ces filles ? Mon doux, Keu-laire, elles ne te méritent pas. Si elles étaient de si bonnes amies, elles ne te blâmeraient pas de leurs erreurs.

— Tu as raison.

Claire lui adressa un sourire aussi éclatant que le chaud soleil après une tempête violente.

— Merci, dit-elle avant de prendre une pause. Alors, tu me pardonnes ?

— Rêve toujours !

Le masque de Massie craqua. Des copeaux de boue verte tombèrent sur la moquette.

— Tu ne fais tellement plus partie du Comité beauté.

— Quoi ? *Pourquoi ?*

Claire avala difficilement pour repousser son cœur battant vers sa poitrine. *À la porte* du

Comité beauté? Elle sentit un tremblement provoqué par la nausée et s'agrippa au cadre de la porte pour ne pas tomber. Pourquoi personne ne comprenait-il qu'elle essayait seulement d'aider?

— Tu viens de me dire qu'elles étaient nulles de m'avoir blâmée. Et maintenant, tu...

Massie croisa les jambes et plissa les yeux sous son masque.

— Contrairement à tes CSEF, je ne te blâme pas parce que j'étais nulle et que je ne peux pas l'admettre. Je te blâme de ne pas m'avoir choisie alors que j'étais la meilleure.

Elle jeta un regard noir à Claire avec la confiance d'une personne dont le visage n'était pas en train de saupoudrer des flocons sur son peignoir.

— Je veux simplement obtenir ce que je mérite.

— Même chose pour moi.

Claire tint bon.

— Tu as déjà eu ce que tu méritais, Keu-laire!

Massie saisit son nettoyant pour visage Chanel et claqua la porte derrière elle, laissant Claire seule avec le désordre.

Claire jeta un regard vers les nuages sombres qui survolaient Toho Square et pria-supplia les cieux pour qu'il y ait un ouragan. Les prévisions météo annonçaient des averses, mais pas avant minuit. Ce qui ne l'aiderait pas du tout. Elle avait besoin d'une façon de s'en sortir *maintenant*.

Ses parents n'avaient pas cru son excuse de mal de ventre ou, plutôt, ils avaient cessé d'y croire après que Claire avait avalé un contenant complet de salade de macaronis PFK au déjeuner. Elle avait prétendu avoir une migraine vers 16 h, mais elle s'était fait prendre par la suite à écouter *Rule Breaker** d'Ashlee Simpson à plein volume dans sa chambre. À 18 h, elle avait craqué et admis la vraie raison pour laquelle elle ne voulait

---

*N. d. T. : « Rule Breaker » veut dire « briseuse de règles ».

pas assister au couronnement de Mademoiselle baiser : tout le monde la détestait. Mais ça n'avait pas fonctionné non plus. Son père avait agrippé ses épaules et l'avait secouée légèrement avant de lui demander :

— Quel est ton nom de famille ?

— Lyons, marmonna Claire.

— Et que font les Lyons ?

— Ils rugissent.

— Je ne peux pas t'entendre, hurla Jay.

— Ils RRRRUGISSENT ! parvint à mugir Claire.

— Bien.

Jay avait relâché sa poigne avec satisfaction.

— Je sais que les dernières semaines ont été difficiles pour toi. Et je sais que tu as pris certaines décisions que tu regrettes. Alors, va au bal ce soir, présente tes excuses à ceux que tu as blessés puis passe à autre chose, Claire l'ourson.

Le surnom enfantin lui fit monter les larmes aux yeux.

— Si tu agis comme si c'était terminé, tout le monde fera de même. Et avant même de dire ouf, tout le monde passera au prochain scandale, avait-il énoncé comme si d'être humiliée publiquement dans le carré du centre-ville puis d'être désavouée par ses amies n'étaient pas bien grave. Maintenant, va t'habiller. Nous ne voulons pas être en retard. Massie a passé toute la journée au spa pour se préparer et nous voulons être là à l'heure pour l'appuyer.

Claire avait monté la fermeture éclair de sa robe rayée et multicolore J. Crew achetée l'an dernier en se demandant pourquoi Massie avait besoin de *soutien* après avoir passé la journée au spa. N'était-ce pas Claire qui avait mis sa réputation à risque pour aider ses amies pour ensuite se faire planter là, se faire renvoyer et se faire mépriser ? Qui *la* soutenait ?

Mais, comme toujours, elle suivit le conseil de son père et fit semblant d'être fière pendant qu'elle attendait aux barrières du Toho Square de voter pour la gagnante de Mademoiselle baiser. Cette fois-ci, il n'y avait aucun doute sur le nom de la personne qu'elle avait inscrit sur le bulletin de vote.

La scène était magique : des boules chinoises rouges pendaient des branches des saules pleureurs du carré. Une tente dorée et festive avait été tendue par-dessus les chaises qui faisaient face à la scène. L'anticipation — ou était-ce les éclairs aléatoires ? — semblait charger d'électricité l'air humide à l'odeur quasi métallique. Des chiens aboyaient au loin. Des esclaffements d'enfants donnaient une touche d'éclat au bourdonnement régulier des conversations. Une musique de violons emballait l'atmosphère dans un ensemble charmant...

Ou, du moins, il *aurait* été charmant si tous les invités ne murmuraient pas en pointant Claire alors qu'elle avançait centimètre par centimètre pour entrer.

Pendant que son frère offrait des calendriers Les Jobs T-Odd à quiconque ayant des mains et que ses parents saluaient des amis, Claire fit appel à sa Britney intérieure. Celle-ci se remettait de ses scandales, non? Claire leva le menton, tentant d'agir comme si elle avait tout à fait le droit d'être là, comme les autres.

Lorsqu'elle parvint à la table des votes, elle salua Lorna d'un signe de tête avant de tenir son bulletin de vote au-dessus de la boîte pour...

— Qu'est-ce que tu fais?

Une main potelée aux ongles manucurés à la française chassa le poignet de Claire.

— Je vote, parvint à dire Claire malgré sa bouche soudainement très sèche.

— Pas ici, en tout cas.

Lorna cueillit le papier de la main de Claire et le lut avant de le jeter à la poubelle.

Un jeune duo mère-fille ricana dans ses paumes pendant qu'un garçon de huit ans à proximité la traita de perdante en faisant semblant d'éternuer.

— Madame Crowley Brown, intercéda Jay. Avec tout le respect que je vous dois...

— Ça va, papa.

Claire tira sur le bras de son père.

— Allons à l'intérieur, OK?

— Mais...

— Papa, *s'il te plaît*.

Les yeux de Jay rencontrèrent le regard suppliant de sa fille et, pour la toute première fois, il décida de laisser tomber son discours d'encouragements.

— Très bien.

Jay déposa son bulletin de vote dans la boîte, attendit que Todd et Judi imitent son geste puis passa près de Lorna en lançant un *pff* hautain qui affirmait son désaccord.

Dès que les Keds de Claire firent leur entrée à l'intérieur, un homme cria :

— Regardez, c'est la menteuse de Lyons!

Il repoussa la palette de sa casquette noire annonçant BONJOUR, ORLANDO! et leva son appareil-photo.

Avant que Claire n'ait eu le temps de réagir, des photographes l'entourèrent et se mirent à prendre des clichés. Sa vision fut obstruée instantanément — pas par les flashes ou l'infâme panique, mais par une masse de cheveux roux hirsutes.

Todd s'était jeté devant sa sœur pour la protéger des lentilles à la recherche de scandales de paparazzi tout en mettant en vitrine son nouveau calendrier. D'accord, ce n'était pas le geste le plus altruiste au monde, mais additionné à la façon fière dont ses parents se tenaient à ses côtés, il fit réaliser à Claire qu'elle n'était pas complètement seule. Ceci lui donna l'impression qu'elle pouvait tenir sa tête droite, malgré les regards et les murmures impitoyables... Enfin, jusqu'à ce que SAS la frôlent au passage et l'ignorent comme si elles étaient de pures étrangères, renvoyant ainsi la confiance de Claire dans sa tombe.

— Es-tu *à l'aise* avec ça? demanda Judi qui se sentait légèrement snobée elle-même.

— Bien sûr que non, maman, siffla Claire dans un murmure, en espérant que personne n'entende les détails pathétiques de sa vie sociale.

Elle tira Judi loin de la foule et la guida vers un coin.

— Mais que suis-je censée faire?

— As-tu essayé de t'excuser?

— Pourquoi? Pour avoir essayé de les aider? lança Claire d'un ton furieux, mais elle regretta immédiatement son sarcasme. Désolée.

Judi sourit en signe de pardon.

— Elles sont fâchées de ne pas avoir gagné. Et c'est plus facile de te blâmer que de se blâmer elles-mêmes. Donne-leur du temps.

Le mot *temps* fit écho dans l'esprit de Claire, la faisant passer d'un lieu de tristesse à un lieu de réflexion, qui tourna rapidement à la rage. SACS avaient une semaine à passer ensemble avant qu'elle ne déménage dans le nord, et c'est comme ça qu'elles voulaient la passer ? En chicane ? À propos d'un concours ? Un concours qui était reconnu pour les amitiés (floridiennes) qu'il brisait ? Elles devaient savoir, dans leur for intérieur, que Claire avait essayé de les aider. Qu'elle avait essayé d'être une bonne amie. Qu'elle avait essayé d'être juste. Et si elles ne le savaient pas, elles allaient l'apprendre.

— Je reviens tout de suite, dit-elle à ses parents, qui commençaient à s'installer dans leurs sièges comme le reste de la foule.

— Rrrugit ! grogna Jay.

Claire fila pour s'éloigner de la devise embarrassante de sa famille.

Mais un soudain roulement de tambour la ramena à son siège.

Une fois que tout le monde fut assis, l'orchestre de chambre de Kissimmee entama une version instrumentale de la pièce *Beautiful* de Christina Aguilera. D'abord, quelques têtes se tournèrent, puis quelques autres. Et bientôt, tout le monde lançait des «ooooh» et des «aaaah» alors que les deux finalistes firent leur entrée à l'arrière de la tente et commencèrent leur procession vers la scène, côte à côte dans l'allée couverte de pétales roses.

Massie, vêtue d'une robe en mousseline de soie dorée, sertie de roses noirs le long du buste, était époustouflante. Elle avait saupoudré son bronzage de brillants bronze et ses cheveux lustrés étaient relevés dans une coiffure délibérément ébouriffée. Sa mèche pourpre était placée de façon à faire croire qu'elle tombait accidentellement de la barrette en forme de lèvres couverte de diamants qui retenait sa chevelure. Mais Claire savait la vérité. Bean cabriolait à côté de ses mocassins couverts de roses noires, vêtue d'un blazer doré et d'une casquette sans visière assortie.

Le public tendait le bras dans les allées, voulant à tout prix la toucher, la féliciter ou — pour les quelques chanceux — prendre un cliché rapide d'elle. Elle sourit gracieusement devant ses admirateurs, avançant plus lentement pour être admirée, mais sans s'arrêter.

Gracie, malgré sa posture parfaite, son sourire à pleines dents et sa robe à fleurs pleines de fanfreluches, était presque invisible aux côtés de Massie Block.

La gagnante était évidente. Et une fois que les filles prirent place sur la scène couverte de Hershey's Kiss rouges en édition spéciale, Lorna officialisa le tout. Massie couvrit sa bouche avec une fausse modestie et souleva Bean pour l'étreindre pendant que Gracie chassait les larmes en clignant des yeux et serrait la meneuse dans ses bras.

— Massie! Massie! Massie! Massie! scandait et acclamait la foule en frappant des pieds.

Des ballons argentés tombèrent du ciel et l'auditoire se leva.

Claire se leva avec les autres, mais elle était incapable d'applaudir. Ses poings étaient serrés et ses lèvres formaient la moue. Comment Massie *osait*-elle ruiner *sa* fête? Comment *osait*-elle voler cet honneur à une fille originaire de la Floride qui voulait réellement le titre, pour satisfaire son ego? Comment *osait*-elle agir comme si le vote accordé à Gracie par Claire aurait pu lui coûter le diadème?

— À présent, le moment tant attendu!

Lorna bondit sur ses chevilles potelées pendant que Vonda apportait un gros paquet rouge.

L'expression heureuse de Massie changea plus rapidement que des nuages orageux lorsque Lorna souleva la robe officielle de Mademoiselle baiser. La robe rouge raide était couverte de paillettes, de son rebord touchant le sol jusqu'à ses manches bouffantes. Elle avait la forme d'un triangle, mais elle était faite pour une ringarde.

Claire poussa sa frange loin de ses yeux. Était-ce réellement la robe qu'elle avait convoitée pendant toutes ces années ?

— Massie, je suis heureuse de te présenter la robe officielle de Mademoiselle baiser !

Lorna la poussa vers elle. Mais la meneuse la repoussa comme s'il s'agissait de papier hygiénique usé.

Le sourire de Lorna faiblit. Dans une tentative évidente d'éviter un drame, elle tira Massie vers le côté et sourit durant toute la discussion, au cas où quelqu'un les regarderait. Une minute plus tard, elle appela Gracie sur la scène.

— Euh, pardonnez-moi, tout le monde, dit Lorna en raclant sa gorge dans le microphone. Je viens d'apprendre que notre Mademoiselle baiser couronnée vient d'être acceptée à une prestigieuse école privée de Westchester et ne sera donc pas en mesure de respecter ses responsabilités de Mademoiselle baiser.

Et, aussi simplement que ça, une nouvelle Mademoiselle baiser fût nommée, et *elle* était tout simplement *impatiente* de porter la robe.

Tout le monde forma la file traditionnelle devant Gracie pour la féliciter et lui souhaiter bonne chance. C'est à ce moment que Claire aperçut SAS.

Elles s'étaient frayé un chemin vers l'avant, poussant des cris pour être vues près de la gagnante pendant que les appareils-photo étaient toujours intéressés.

— Je reviens tout de suite.

Claire fila rapidement avant que son père ne puisse rugir à nouveau.

— Salut, dit-elle tristement en tapant sur les épaules de SAS.

Elles se raclèrent la gorge avant de se détourner.

— Salut, essaya Claire à nouveau.

Mais elles ne la regardèrent même pas. Elles enfoncèrent plutôt leurs mains dans un sac commun de bretzels couverts de chocolat tout en se rapprochant de Gracie.

Un... deux... trois... inspire... et...

— Les filles, je suis désolée, OK! Désolée que vous ayez perdu. Mais vous devez me croire quand je dis que je voulais que vous gagniez.

Personne ne dit un mot. La frustration causée par le fait d'être incomprise et ignorée fit grimper le rythme cardiaque de Claire et la fit trembler à l'intérieur. Un geyser d'émotions d'apprêtait à jaillir.

Des larmes dans les yeux, Claire frappa le sol du pied et se tourna pour faire face à ses supposées meilleures amies floridiennes.

— J'ai *triché* pour vous. J'ai perdu mon chèque — pour vous ! Et la presse m'a surnommée Lion menteur — à cause de vous.

Toujours rien.

Claire renifla.

— Il ne me reste qu'une semaine ici. Vous voulez vraiment la passer comme ça ?

Amandy leva ses yeux bleus pour rencontrer le regard de Claire.

— Non.

Les épaules de Claire s'affaissèrent. Elle expira. Elle se sentit instantanément plus légère.

— Bien.

— Mais tu dois choisir entre nous et *elle*.

Claire haleta comme une personne qu'on venait de gifler. La décision n'aurait pas dû être difficile étant donné que Massie venait de la mettre à la porte du Comité beauté. Mais malgré tout. Elle était indignée qu'on lui demande de choisir.

— Pourquoi dois-je *choisir* ? Pourquoi je ne peux pas être amie avec vous toutes ? Également ?

Sur la scène, Gracie fit une autre révérence et replaça son diadème étincelant.

— Parce que nous ne sommes pas *égales*! souffla Amandy. Quand le réaliseras-tu?

— On te connaît depuis plus longtemps! insista Sarah.

— Beaucoup plus longtemps, renchérit Sari. Comme, six années de plus. Peut-être encore plus. Ou est-ce quatre années? Attendez, peut-être que c'est neuf...

Pendant que SAS se chamaillaient pour trouver la réponse, Claire décocha un message texte rapide à Massie.

Je c que tu ne me parles pas, mais si tu me parlais, me demanderais-tu de choisir entre elles et toi?

Massie répondit immédiatement.

Massie : Non. Je c que tu me choisirais.
Claire : Comment le c-tu?
Massie : Que préfèrerais-tu?

Claire se remémora sa première nuit chez Massie. Les filles lui avaient demandé si elle préférait a) être une perdante sans amies ou b) avoir une tonne d'amies qui la détestaient secrètement. À cette époque, elle avait répondu b). Mais à présent qu'elle savait comment on se sentait quand on avait des amies qui nous détestaient secrètement, la réponse de Claire n'était plus la même.

— Vous savez quoi, SAS?

Trois paires d'yeux se tournèrent vers elle.

— J'ai fait mon choix.

Claire tourna les talons de ses Keds bruns à pois bleus et leur envoya la main.

— Tu la choisis, *elle*? haleta Amandy.

— Non, cria Claire par-dessus son épaule.

— Alors, qui choisis-tu? la héla Sarah.

— Moi! cria Claire, sans se retourner.

De grosses et lourdes gouttes de pluie tombaient, comme si elles s'étaient formées depuis un moment. Tout le monde se dispersa vers l'aire de stationnement.

Claire savait que sa décision était la bonne. Même Todd semblait le croire. Malgré tout, son trajet vers la voiture ressemblait à un périple sans fin, rempli de profonds soupirs et de doutes personnels à se ronger les ongles. Le concours Mademoiselle baiser était terminé. SACS étaient terminées. Orlando était...

— Regardez qui est là, lança Jay à la fille assise sur la capote de sa Pontiac Torrent rouge, et qui tenait une chienne dans ses bras.

Claire leva les yeux.

— Salut, dit Massie doucement en enroulant sa mèche pourpre.

Sa robe dorée était tachée de gouttes de pluie, mais ça ne semblait pas la déranger.

Les Lyons cessèrent instinctivement de marcher. Instinctivement, Claire continua à avancer.

— Où est ta limousine?

— Je l'ai laissée partir.

Massie regarda la file serpentine de voitures qui attendaient de quitter l'aire de stationnement.

Claire hocha la tête, trop faible pour décider quoi dire ensuite.

Massie ouvrit sa pochette couverte de roses noires.

— Tiens.

Elle fouilla à l'intérieur et y trouva une bande de papier rose.

— C'est pour toi.

Claire garda ses yeux sur la meneuse tout en la prenant. Puis, elle la regarda.

— Hein? dit-elle au chèque de 1000$ qu'elle tenait dans sa main.

— C'est le chèque que j'ai gagné pour avoir obtenu la première place, sourit Massie.

Claire le lui rendit.

— Félicitations.

Massie repoussa la main de Claire.

— C'est pour toi.

— Pourquoi?

Claire était trop perplexe pour ressentir autre chose que la fatigue.

— Prends-le. Tu le mérites.

Massie donna un doux baiser sur le front de Bean.

— Tu as travaillé aussi fort que tout le monde sur ce concours.

Claire regarda au loin. La pluie semblait tomber plus fort. Des flaques commençaient à se former près des pneus de la Pontiac et les gens couraient vers leur voiture.

— Je n'ai pas besoin de la charité, indiqua Claire.

La pluie séparait sa frange en un M trempé.

— Ce n'est pas de la *charité*, Keu-laire.

Massie se pencha au-dessus de Bean pour la tenir au sec.

— Je l'ai fait pour moi.

— Pourquoi? Parce que tu te sens coupable?

Claire repoussa sa frange mouillée.

— Parce que tu comprends pourquoi j'ai fait ce que j'ai fait? Parce que tu t'ennuies de moi? Parce que tu veux que je redevienne membre du Comité beauté?

Massie esquissa un demi-sourire. Et comme un rayon de soleil, il réchauffait un peu les joues froides et trempées de Claire.

— Parce que je veux que tu t'achètes de nouveaux vêtements.

— Pourquoi?

Les dents de Claire se mirent à claquer.

— Parce que je ne veux pas que ma meilleure amie soit habillée comme un CSE en huitième année.

Claire rigola. Puis, elles s'étreignirent.

Dans une semaine, elles seraient à la maison.

Assure-toi de connaître **TOUS**
les secrets estivaux.

ÉTAT ESTIVAL DE L'UNION

IN	OUT
✓ Les mèches pourpre	Les secrets estivaux
✓ Les clauses de confidentialité	
✓ Les stars européennes de la pop	
✓ Les colliers à dents de requin	
✓ Massie et Claire à Orlando	

Cinq filles, cinq histoires, un été *extraordinaire*.

LA CLIQUE

COLLECTION ESTIVALE

PAR LISI HARRISON